かくりよの宿飯　六

あやかしお宿に新米入ります。

友麻　碧

富士見Ｌ文庫

目次

かくりよの宿飯 登場人物紹介

かくりよの宿屋に泊まりけり
——津場木史郎

天神屋

あやかしの棲まう世界“隠世”の北東に位置する老舗旅館。
鬼神の采配のもと、多くのあやかしたちで賑わい、
稀に人間も訪れる。

大旦那

隠世の老舗宿「天神屋」の大旦那で、多くのあやかしの尊敬を集める鬼神。葵を嫁入りさせようとしたが、真意は見せないまま、彼女の言動を見守っている。

津場木 葵

祖父の借金のカタとして「天神屋」へ攫われてきた女子大生。大旦那への嫁入りを拒み、持ち前の料理の腕で食事処「夕がお」を切り盛りしている。

仲居 お涼

番頭 暁

若旦那 銀次

お帳場長 白夜

仲居 春日

チビ

折尾屋

南の地で営まれる、天神屋のライバル宿。

番頭 葉鳥

旦那頭 乱丸

絵：Laruha

第一話　秋の新米のおとも

「葵さん、もう限界です！」

「くっ。今日は、ここまでか……」

それは、九月下旬の夕がお。

私、津場木葵は悔しさに顔を歪め、ほとんど食材の無い冷蔵庫を覗く。

まるで兵糧攻めに遭って、それが尽きたかのようだ。今日の営業は、今受け入れているお客さんで終了となるだろう。

　ここ最近、夕がおの営業が今までのように上手く回らず、てんてこ舞いになることがある。お客が多い日には食材が営業途中で尽きて早めの閉店となるし、かといって多めに食材を用意していると、そういう日に限ってお客が少なくガラガラだったり、調整が難しい。

　私だけでお店を回すのにも限界を感じるし、どうしたものか。

「折尾屋での一件は、儀式の件などは伏せられ色々と脚色されていますが、隠世でも話題になりました。葵さんが何かとこの世を賑わせるので、あやかしたちが興味を寄せているのでしょうね。夕がおも有名になりました……」

営業後の後片付けをした後、私と銀次さんはお客さんにもらった干し柿をかじりながら、カウンターでお茶をすすって休憩していた。

「銀次さん、しみじみ言ってるけど私は隠世を賑わせてるつもりはないからね」

「ええ、わかっています。あやかしが勝手に注目しているんです。……おかげで夕がおが繁盛します！」

銀次さんは疲れた顔をコロッと変えて大いに喜んでいるが、私には不安もある。

借金を抱える身としてお店が繁盛するのは嬉しいが、もっとうまくお店を回せなければ、お料理にも支障が出そうだし、せっかく来てくれたお客様にも申し訳ない。

ああ……関係ないけど、この干し柿美味しい。中のこう、トロッとしたところの甘みと、ほのかに残るクセのある渋みが、私は好きなのよねえ。

これ嫌いな人も多いけど、おじいちゃんが良く食べてたから私には懐かしい味だ。

「そろそろ……夕がおにも新しい従業員が必要かもしれませんね」

「新しい従業員？　でも、そっか。銀次さんと私だけでは、もう無理があるのかも……」

銀次さんの提案に、私は頷く。開店以来、今まで二人で頑張ってきた。

と言っても、銀次さんには他にも受け持ちの部署がある。

いよいよ夕がおが直接雇う、ここの従業員が必要なのだと思う。

「葵さんがお料理に集中できるように、まずは接客を担う従業員が欲しいところですね。

天神屋の掲示板で募集をかけてみますか」

「どんな子が来てくれるかなあ」

なんて、すっかり新しい従業員を雇うという流れになっていたのだが……

「ひどいです葵さま！」

突然、私のペンダントから現れた鬼火、もといアイちゃん。

アイちゃんは私の姿のまま、頬を膨らませて怒っている。

「私という眷属がありながら新しい従業員を雇うなんて！　それなら私を働かせてくださいよう」

「あれ、アイちゃんってそんなに働きたがりだったっけ？」

「ずっと言ってたじゃないですか～～っ」

そうだっけ？　と思い出してみる。

アイちゃんがこちらに出てくるのは、基本的にごはんで呼んだ時とチビと遊ぶ時。

まだ子供のあやかしなのだと思って、アイちゃんを従業員にするという発想は無かった。

「でもアイちゃん、すぐに眠くなってペンダントに戻ったりするじゃない。それに私の姿だと、私が二人で夕がおで働いているみたいで変な感じよ」

「……そうなんですか？」

私とアイちゃんが二人して銀次さんを見る。

ねえどう思う、みたいな顔をして。

「そ、そうですねえ……アイさんは葵さんの思考を最も知っているので、もし可能なら働いていただきたいのですが、やはり葵さんの姿だとマズいかと思いますね」

「ど、どうしてですか〜若旦那(わかだんな)さま〜〜私も働きたいです〜〜」

アイちゃんは涙目で銀次さんに懇願する。私の顔でそんなことを言うので、銀次さんも調子が狂うのか、「それは、その……」と言い淀(よど)む。目が泳いでいる。

「お客さんが混乱しちゃいそうよね。私と思ったらアイちゃんだったり、アイちゃんだと思ったら私だったり」

「確かに、それもあるのですが……これは夕がおの営業には直接関係ありませんが、やはり自分と同じ姿に化けられる眷属は、実際とても貴重な存在です。それは隠しておいた方が良いでしょうね」

「そうなの？」

「ええ。自分と同じ姿をしたものがいるというのは、切り札になることがありますし、逆によからぬ輩(やから)に利用されてしまうこともあります。なので、できればアイさんの存在は伏せたいところなのですが……」

銀次さんは、子供みたいに下唇を噛(か)んでウルウルしているアイちゃんをチラッと見てから、額を掻(か)いた。

「アイさんがこのお店で働く条件があるとすれば、二つですかね。一つは、勤務時間に眠らないこと。もう一つは、別の姿に化けられるようになること」

「……別の姿」

私とアイちゃんは揃って首をかしげた。

眠らないことっていうのは当たり前なので分かるけれど。

「それは、別の誰かに化けるってこと？」

「いいえ。これは独自の姿を習得してください、ということです。オリジナルですね」

「お、おりじなる……？」

アイちゃんには、その意味が良くわからないみたいだ。

「そうですねえ。お手本は折尾屋の時彦さんでしょうか。あの方は元々小さな妖火でしたが、今は誰かに化けたのではなく、あの方だけの化け姿を持っています。何かに化けるのと、自分で化ける姿を作るのとでは、難易度が段違いですので、まだ幼いアイさんに可能かどうかは分からないのですが……」

しかしアイちゃんは「やります！」と片手を高く上げて断言した。

「私、頑張って自分の姿をつくります！」

「おお……」

張り切るアイちゃんに、私と銀次さんは軽くパチパチと手を叩く。

「ですがそろそろおねむの時間なのでー、ペンダントに戻りますー」

「……………」

しかしさっそく鬼火に戻って、私の胸元のペンダントに閉じこもるアイちゃん。

弱まったり強まったりしているペンダントの光は、まるですやすや眠るアイちゃんの呼吸のようだ。

「姿がどうのこうのより、こっちの方が深刻っぽいわね」

「すぐに眠たくなるのは、成長期だからでしょうねえ。もう少ししたら、あやかしらしく夜更かしになると思いますけど。あやかしは本来、あまり眠らないものですから」

「そういや、従業員もみんな睡眠時間が短いわよね。あれはブラック的な何かだと思ってたけど、そうじゃないんだ……」

「い、いえいえ！　ブラックだなんてめっそうもない。天神屋の待遇は隠世でもかなり白な方ですから。ただとても忙しいってだけで」

「あれ。ちょっと、灰色がかってるわよ」

まあ、私は毎日十分寝ているし、明日も休日だしこれといって問題は無いけれど。

それでもやっぱり営業のある日は忙しいから、アイちゃんに手伝ってもらえるのならとても嬉しい。

あの子がどんな姿になるのか、今からとても楽しみだ。

「葵ー、ごはんー」

「あ、奴がきた」

奴っていうのは、雪女のあいつ。

いつものごとく営業後の夕がおにやってきたのは、元若女将（わかおかみ）、現ひら仲居のお涼（りょう）である。

「悪いけど、今日はもう何も無いわよお涼」

「ええええええ、また!? お米は？ お米も無いの!?」

「お米なら炊けばあるけど、それだけよ。明日は夕がおもお休みだし、これといって食材を余らせてもいないわ」

「じゃあもう炊いたごはんがあればいいわよ。私、米が大好きだし。新米はそれだけでとっても美味しいしねえ」

「…………」

それなら別にここで食べなくても……と、銀次さんと私はひそひそ。

しかしお涼はカウンター席にダラっと居座ってしまったので、私は仕方がないなと立ち上がり、お米を炊く準備にとりかかる。

お涼の言うように、ちょうど新米の美味しい季節だ。

特にここ鬼門の地は、ブランド米〝おにほのか〟の名産地で、八月下旬、もしくは九月上旬に収穫されたお米はすぐ精米され、今の時期に出回っている。

　夕がおでもこの新米を使っているが、その特徴は一粒一粒に含まれている水分が多い点だ。お米を炊く時に通常より少し水を少なめで炊くと、より美味しく炊ける。三十分は浸水させたいところだが、お涼が待ってくれるだろうか……

「ちょっと〜、お涼様！」

　次にここへやってきたのは、狸耳と先の丸いもふもふ尻尾（しっぽ）が特徴の、栗毛の少女。

　天神屋のひら仲居、春日（かすが）だ。

「栓抜きを宴会場に落としてたよ。お涼様、お勤めが終わったらすぐ夕がおに行くもんだから、新入りの仲居たちがあちこち探してたよ。もう私が渡しとくからって、預かっちゃったけど」

「あー、ほんとー？　春日あんた後輩にもこき使われちゃってるの？」

「主にお涼様のせいでね。後輩ちゃんたちはみんな頑張り屋だよ」

「あー。はいはい。春日あんたもよく頑張ってるわー」

　疲れているのかなんなのか、かなり適当な受け答えをして、春日の頭をぐしゃぐしゃに撫（な）でるお涼。

　そして氷の鈴のストラップがついた栓抜きを受け取ると、そのまま帯に挟む。

　リンと、澄んだ鈴の音が響いた。

「その氷の鈴、綺麗（きれい）だよね」

「はん。あげないわよ春日」

「別にいらないけど……大事にしなよって話」

春日は呆れ口調でため息をついた。こりゃあどっちが先輩でどっちが後輩なのかわからないなあ。

「あ、そうそう若旦那様。大旦那様が呼んでたよ」

「えっ、本当ですか春日さん。ああ、もしかしたら秋祭りの件でしょうか……。葵さん、私、少し本館の方へ行ってきますね」

「ええ、お疲れさま銀次さん」

銀次さんはぺこりと頭を下げ、早足で夕がおを出ていった。

「春日、今日もあれこれ頼まれてるわね」

「ほんとだよー。みんな私のこと使いっ走りにするからさあ。まあ慣れてるからいいけど」

春日はお涼の隣の席にちょこんと座る。彼女もここで新米を食べていくつもりか。

「葵、まだー。お腹すいた。隠世の釜ならすぐ炊けるでしょう」

「ええい、もうちょっと待ちなさいお涼。せっかくの新米なんだから、少し浸水させておかなきゃ」

「ええー。いいわよそんなの。炊いてよー炊きなさいよーお腹空いてんだから」

普段ならお涼の言い分に負けこのまま炊いていただろうが、新米を味わい尽くすために、ここは一番美味しく炊ける方法を選び、ベストを尽くしたい。

しかしお涼は我慢の限界のようで、カウンターをバシバシ叩いている。

「葵、葵ー。米！　米を食わせろー」

「ちょっとそこの大きな女児！　テーブル叩くのやめて、それでなくともボロなのよ」

ったく、お涼は本当にわがままなんだから……

「おい、なんか食うものあるか」

ここでおきまりのごとくやってきたのが暁だ。

いつもお涼や春日、そして暁がここへ来て、飯くれ飯くれ妖怪になる。

「暁、悪いんだけど今日も何も残らなかったの。お涼は白いごはんだけでいいって言うから、今お米を炊くところ」

「なら俺も米だけでいい。漬物かなんかあるか？」

暁は春日の座っているカウンター席の、二つ隣に座った。これもいつもの感じ。

「ごはんのお供なら何かとあるから、あとでカウンターに並べるわ。なんだかんだと、あやかしはお米が好きよね」

私はいよいよ釜を火にかけお米を炊く。隠世の釜は五分足らずでお米を炊いてくれるのがとても便利。

「暁ー、あんた今年の有給、まだ全く使ってないんだって？　彼女もいなくて仕事が趣味って感じ？　いるわよねーそういう男」

暇なのかお腹が空きすぎたのか、お涼が春日越しに暁に絡んでいる。お涼は歳下の暁を何かと弄って遊ぶ、悪いクセがあるのだ。

仕事を終えて疲れている暁のうざったそうな顔ときたら。

「もうちょっと遊びを覚えた方がいいわよあんた。怒りっぽくて遊ぶ余裕も無い男は、いくら仕事ができてもモテないわよー」

「お涼、お前もう俺に喋りかけてくるな」

「うわ生意気！　私は先輩、あんたは後輩。私は歳上、あんたは歳下なのよ」

「だからなんだ。今は幹部落ちしたひら仲居だろ。番頭とひら仲居なら番頭の方が偉い」

「き──っ、可愛くない男だこと！」

「お涼様うるさい」

お涼の甲高い声が散々うるさくて、暁や春日が耳を押さえている。

私は私で彼らの会話を小耳に挟みながら、夕がおの厨房の冷蔵庫を開けた。

これといったおかずを作るには食材が無いのだが、ごはんのお供ならいくつか作り置きがある。それを取り出して、一人静かに笑う。ふふ、ふふふ……

「葵ちゃんから変な笑い声が聞こえるよ」

「……どうせ料理のことを考えてるんだろ」

「葵こそ料理させろさせろ妖怪よねえ」

さっきまで言い合っていたお涼や春日、暁が、今度はヒソヒソと私の陰口を。

しかし気にするものか。

待ちに待った炊きたての新米。蒸らしておいたそのお釜を開けると、もやもやと立つ湯気の香りに、思わずぐうとお腹が鳴った。

炊きたてご飯を切るように混ぜ、これをお櫃（ひつ）に入れ替える。

しゃもじについたひとくち分を味見してみると、そのモチモチした食感と新米ならではの甘みだけを楽しめる。

「はい。お米ならたんとあるから、好きなだけ食べなさい」

店のテーブル席にお櫃を置き、暁と春日は普通の茶碗（ちゃわん）に、お涼は彼女の愛用品と化している丼に、たんと白米だけを盛る。

あふれんばかりの白いごはん。一粒一粒の艶（つや）と膨らみは、まさに新米のなせる業（わざ）だ。

「やったーいただきまーす」

お涼はお箸（はし）と丼を持って、さっそくがつがつ、米を食らう。

ふう、お涼はこれで静かになるかな。

「春日、暁、あんたたちもお腹すいてるでしょ。どんどん食べなさい」

「ああ。お涼みたいに白ごはんだけだとキツイが……」

「お漬物か何かないの、葵ちゃん」

「ふふ。ならこれをお供にどう？」

私は春日と暁の間に、ある瓶を置く。

最初こそきょとんとしていたが、彼らはよくよく瓶の中身を確認。

春日はすぐにピンときたみたいだ。

「あ、わかった。これなめたけでしょ！」

「ええ。秋のとれたてきのこがたっぷり入った、手作りなめたけ。白いごはんに良く合うわ。最近の秋の定食に添えて出してるの」

その瓶の蓋を開けて、木の匙でなめたけを掬い、二人のお茶碗の白い頂きにたっぷりかける。トロトロと流れ落ちる茶色に煮詰められたきのこ……

えのき、しめじ、しいたけを、あやかし大好き甘いお醤油で味付けする。

他にもお砂糖、みりん、お酒といった定番の調味料を使うが、私の場合、これに鷹の爪とお酢も。ほんのりとしたピリ辛な甘さの中に、かすかに酸味をつける。

保存食としても優秀で、ごはん以外にも冷奴やおひたしなどにのっけても合う一品だ。

なめたけをほかほか白ごはんに崩し混ぜながら、春日と暁は豪快に口に掻き込んだ。

「うー。空腹にごはんが沁みるよう」

「……美味いなこれ」

しゃきしゃき、しゃきしゃきと、えのきが良い音を立てている。

お涼が白ごはんに飽きてきたのか、春日と暁の食べているなめたけが気になっているみたいで、さっきからチラチラと瓶を狙ってる……

「お涼、あんたもなめたけ食べたいなら食べなさいよ」

なんて、私が言うのを聞き終わる前にお涼は瓶を奪っていった訳だけど。

「ああっ、私のごはんのおともが！」

「お涼貴様、独り占めとは意地汚いぞ！」

「春日、暁。心配しなくてもごはんのおともは他にもあるわ」

かわいそうなので、他にもごはんに合うものを持ってくる。

梅ひじきのふりかけ、レンコン入り肉味噌、大根の昆布酢漬け……などなど。

ごはんのおともは日替わり定食の脇に添えて出すから、何種類か作って保存してる。

「これ、私の劇押し。水でもどしたひじきと、荒く刻んだカリカリ梅と一緒にカツオ出汁で炒りつけたの。ごはんに良く合うわ」

暁はなめたけを失ったが、今度は梅ひじきのふりかけをごはんのおともにしてみる。

カリカリとした梅の食感と酸味、ひじきの強い旨みがごはんに絡まり、これまた贅沢で愉快な味となる。他におかずなどいらない、満足感のあるふりかけなのだ。まぜこんでおにぎりにするのもおすすめ。非常に優秀。

他にも、肉味噌や大根の昆布酢漬けも少しずつ試していたが、これまたお涼が狙いを定めていたので、私はお涼用に、少しずつ小皿に取り分けた。

数種類あると、色とりどりのごはんのおともを目で楽しむこともできるのが良い。次の一口はどれを食べてみようかなって考えるワクワクもある。

たまにはこうやって、ただの新米を味わい尽くすってのもいいわよね。

いよいよ自分もごはんにしようと、愛用のお茶碗を取りに厨房へ戻った訳だが……

「ああっ！　思い出した！」

そうだ。従業員たちの朝食用に冷凍していた秋鮭が二切ほど残っていた。

これを解凍すれば、もう一つごはんのおともが作れる！

「ふふふ。ごはんのおともの定番、鮭フレーク……」

さっそく鮭を妖火円盤で解凍し、皮を剝がすと、フライパンで軽く表面を焼き、お塩、出汁、みりん、酒などの調味料を加えて弱火で熱する。これを木べらでほぐしながら炒る、これだけで出来るのだ。ふふ、ふふふ……

「あれ葵ちゃんがまた厨房で笑ってる」

「魚の焼ける匂いだ」

「ちょっと葵！　あんた何一人だけ鮭焼いてるのよ！　私の鼻はごまかせないわよ」

「……安心しなさい春日、暁、お涼。みんなで食べられるものを作ってるのよ」

さあて、最後の仕上げだ。水分が飛び、身がほぐれてしまったら、ここに白ごまとごま油を足して、また軽く炒める。

とても簡単。手作り鮭フレークの完成だ。

「できたできた！　子供から大人までみんな大好き、最強のごはんのおとも鮭フレーク。鮭ほぐしふりかけって言うとわかりやすい？」

「おおお……」

「香ばしい良い匂いだな」

彼らの前に持っていくと、お涼と暁が感嘆の声を上げる。

すっかり茶碗の白ごはんが無くなっているので、もう一杯おかわりしようとするお涼と暁。こいつらときたら、今度はお櫃を前にしゃもじを取り合う喧嘩を始めたので、春日が自らもう一つしゃもじを取りに行く。春日が一番大人だなあ……

「ああ、やっと私もごはん食べられる！」

そんなこんなで、私も自分のお茶碗にほかほか白ごはんを軽くよそい、やっと夜食にありつけそうだ。

最初はやっぱり、作りたてホロホロの鮭フレークをいただきましょう。

それはおにぎりの具にしたり、お弁当のおともとしても愛される一品。

市販では瓶詰めにされて売られているし、市販の品もとても美味しいのだけど、私は自分で作るようにしている。味つけや身のほぐし方など、好みで作れるからね。

つやつや綺麗な新米の白ごはんに、艶のある柿色の鮭フレークを匙でのっけて、混ぜ込みながら口に掻き込む。

ああ……秋の味覚である脂の乗った秋鮭。これをほぐしてふりかけ状にしてしまった訳だが、一口食べるとその旨みと塩気がお米の甘みに良く合う。加えた白ごまとごま油の香りが効いていて、鮭の味わいとともに口の中で贅沢に香るのだ。

「あーこれ美味しい～丼もう一杯くらいいけそう」

「お涼様これ以上食べたら太るよ。でも私ももう一杯……」

「やっぱり秋は鮭だな。ほんと米に合う」

皆も鮭フレークには満足の様子。

あ、やばい。どんどん白米食べちゃう……炭水化物を摂取してしまう……

レンコン入り肉味噌も、このこってりした味噌味ひき肉とシャキシャキのレンコンの歯ごたえが、ごはんに合う合う。爽やかなものでお口直ししたい時は大根の昆布酢漬けを、合間にポリポリ摘んじゃう……

「葵殿ー」

ここで夕がおにやってきたのは、お庭番のサスケ君だ。

サスケ君は忍者スタイルのまま大きな笊を抱えている。

その中にはなんと新鮮な赤卵が。

「食火鶏の夕採れ卵でござる。白飯しかないのはかわいそうだからと、大旦那様や若旦那様から、ここに運ぶよう命を受けたでござる。卵かけご飯ができるでござるよ」

「…………」

私たちに衝撃が走る。

生卵。それは究極を冠するにふさわしいごはんのおともである。

やばいわ。ここに来てTKGとは。この新米で卵かけごはんできるとは……っ。

「あ、私もう一杯いただくわ～」

「あっ、ずるいぞお涼。俺も」

「私もー。卵出されたらねえ」

真夜中に白米をおかわりしまくっているあやかしたち。まあ止めはしないけれど。

「拙者も腹一杯白飯を食べたいでござる～っ！」

「ええ、サスケ君もいらっしゃい」

誰もが卵かけごはんにワクワクを隠せずにいた。

ほかほかごはんの上にくぼみを作って、卵の殻を割って綺麗な生卵を落とす。

食火鶏の濃い黄身の色が、艶が、ぷるんとしたその張りが、たまらなく魅力的。

ああ、見てるだけでも絶対美味しいってわかる！

「卵かけごはんには、やっぱり隠世の甘いお醤油よね～」

と王道の私。

「醤油もいいけど、ちょろっとごま油を加えるのも美味しいわよ」

やはりこってり派のお涼。

「めんつゆとわさび派の俺は少数派なんだろうか……」

視線を横に逸らしながらつぶやく暁。でもなんかそれ美味しそう。

「私ポン酢で食べるよいっつも。鰹節や揚げ玉もあったら入れちゃう」

どことなく狸らしい春日。

「拙者、味付けはござらん」

潔すぎるサスケ君。

「ええ、ええ。もう各々好きなように食べるがいいわ」

皆の要望に応えんと、調味料各種を取り揃え、テーブルの中央に置く。

私はやはり王道に、お醤油をちょろりと黄身にかけて、お箸で崩しながら、軽くごはんに混ぜる。この瞬間の幸せな気分ってなんだろう。

まずはただの卵かけ、まだ黄身がトロッと混ざりきっていないところを一口食べる。

「ああ……卵かけごはんの一口目って特別よね」

濃厚な黄身の味を、一番楽しめる瞬間だ。この一口を楽しんだら、あとはもうごはんに満遍なく混ぜ、卵かけごはんらしくいただく。

「ねえみんな、このレンコン入りの肉味噌、卵かけごはんにすっごく合うよ！」

春日の発見により、誰もが肉味噌に注目する。

おお、これは合う。これは大発見！

卵かけごはんって偉大だわ。ただそれだけでも美味しいけれど、少しのアレンジで味のバリエーションが出て、凄いご馳走になるんだもの。

「楽しそうにしているね」

「あ、大旦那様」

大旦那様と、銀次さんが、この夕がおに揃ってやってきた。

お涼や春日、暁やサスケ君は、今の今まで食べる事に夢中だったのに、それをピタッとやめて立ち上がり、大旦那様に深く頭を下げる。

「いやいや、食べ続けてくれ。せっかくの卵だ」

その言葉を待っていたかのように、結局彼らは再び席に着き、食事を続ける。

「ねえどうしたの？　大旦那様がここへ来るのは久しぶりね。二人も卵かけごはん食べる？　卵とごはんならたくさんあるわよ」

「いやいや、僕はさっき、接待の席で少し食べたからね」

「私も少し飲んでしまいました。ちょっと強いお酒で……あの、あとでいただきますね」

確かに銀次さんも大旦那様も、どこかほろ酔いだ。

お仕事で接待があるのは当然だが、とはいえなぜここへ？

大旦那様は会話の流れの中で、さりげなくこんな提案をした。

「葵、明日夕がおは休みだろう？　暇ならば僕とデートをしよう」

「……は？」

ピタリ。食べ続けていた者たちの箸の動きが止まるのが分かる。

当の大旦那様は気分良さげにニコニコと笑って、続ける。

「葵には折尾屋の一件の後、何の労いもできないまま忙しくさせてしまった。僕もしばらく時間が取れずに申し訳なかった。僕としては、新妻である葵に楽しいひと時をと考えているのだが……」

「私、別に毎日楽しいわよ」

「あれだっ！　果樹園に行こう。りんごやぶどうは料理にも使えるぞ、どうだ！」

なんだか必死な顔をして私の肩をがっしり掴む大旦那様。

どうだ、って……

「りんごとぶどうかあ」

人差し指を顎に添え、それらを思い浮かべる。確かに、秋に美味しい果実だわ。

「うん、行きましょう大旦那様。私、果樹園には興味あるわ！」

「そう言ってくれて嬉しいよ葵」

ホッと額の汗を拭う大旦那様。

私の後ろで卵かけごはんを食べていた衆も、再び箸を動かし始める。

「葵さん、果樹園はこの北東の地と北の地を繋ぐ山間にあります。あの山は紅葉の時期が早く、すでに楽しめると聞いたので、明日は景色の方も楽しんでらしてください」

「銀次さんは行かないの？」

「私ですか？　私は……」

「お前も折尾屋の件があって、ずっと休みを取っていないだろう。明日、共に行かないか？」

大旦那様も銀次さんを誘っていたが、銀次さんは私と大旦那様を交互に見てから、小さく笑って首を振る。

「いいえ、私は……天神屋で、大旦那様と葵さんの留守を任されたいと思っています」

いつもの銀次さんらしい返答のように思った。

だけど、銀次さんはこの時、私の方を見なかった。

第二話　百目紅葉の隠れ里（上）

昨日は炊きたての新米に夢中でそのことを適当に受け止めてしまっていたが、朝起きた時にはかなり意識してしまっていた。

「大旦那様とデート……か」

ピチチ、ピチチと小鳥の可愛らしい鳴き声が嫌に耳につく。

秋特有の肌寒さも身に沁(し)みる。

ついでに言うと、私は少し緊張している。

「べ、別に大旦那様とデートするなんて珍しいことじゃないじゃない。うん」

妖都(ようと)でもつ鍋(なべ)食べたでしょ、銀天街(ぎんてんがい)でとり天食べたでしょ、南の地の港でづけ丼食べたでしょ……

大旦那様と出かけることは何度もあったのに、今更緊張するってなに？

変だなあ。もしかして私、体調不良だったりするのかな。

とりあえず縁側の戸袋を開けて、朝の空気を吸おう……

「葵(あおい)！　出かけるぞ！」

「って早！　大旦那様早っ!!」

こっちがあれこれ心配している暇も無く、大旦那様はすでにここに来ていた。

中庭をつっきって縁側の方へと回り込んできたみたいだ。そこでせっせと体操している。

こちとらまだ寝巻き姿なんですけど！

「……って、あれ。大旦那様、その姿で行くの？」

大旦那様は、以前魚屋に化けていた少し若作りしたあの姿で、着物も普段の立派なものと違い、平民らしいもの。

「当然だ。いつもの僕は天神屋の顔として知られすぎている。僕といると、それだけで葵も葵だとバレてしまうだろうし、楽しいデートどころではない」

「た、確かに……」

しかしまあ、この姿であれば少しは緊張も収まるというものだ。

なんせこの大旦那様、そりゃイケメンだけど、偉いひとオーラゼロだからね。

折尾屋の若女将であるねねにも、甲斐性なしっぽいと言われてしまったくらいだし。

「ていうか大旦那様、あやかしのくせに早起きすぎるわよ！　私まだ何の準備もできてないのに」

「準備の間、僕はここで待つよ」

「暇なの？　暇なの大旦那様？」

「今日は久々に丸一日の休暇なんだ。白夜がずっと休みを取れとうるさかったのだが、なかなかそうもいかなくてな。折尾屋の一件で僕は少し動きすぎた。……雷獣の奴め。中央の連中を使い、何かと嗅ぎ回っているみたいだ」

「……嗅ぎ回る？」

何を、だろうか。

折尾屋の一件とは、南の地の事情に伴う、秘密裏に行われた儀式のことを言う。

それは常世と隠世の〝狭間〟の海より百年の周期でやってくる海坊主、この特異なあやかしのおもてなしだった。

私はその儀式で、雷獣の妨害に合いつつも、皆の力を借りながら〝海宝の肴〟という料理を担い、海坊主に振る舞ったのだ。

大旦那様が動いてくれていたのは知っているが、私の知らないもっと大きな何事かが、裏であったということだろうか。

あの雷獣が、何かをやろうとしている？

「ほら葵、ぼやっとしていないで準備だ準備。寝巻きで出かける気かい？」

というわけで、私は大旦那様に促されるがまま、室内に戻って準備を……

「う〜ん、でも何を着ようかな」

前に大旦那様に貰った着物がいくつかあるけれど、どれも立派なもので果物狩りには合わないだろうし。

折尾屋にいた時に着ていた水色の着物だと、夏っぽすぎるかな。

「ん？」

ちょっと困って簞笥を開けると、いつの間にかそこに見知らぬ着物があった。

秋らしい落ち着きのある臙脂の着物に、柔らかめの辛子色の帯。上掛けまである。

質は良さそうだが気軽に着れそうなシンプルなもので、何といっても動きやすそうだ。

『大旦那様とのデェトにお使いください　松　竹　梅』

そんな置き手紙が。これは……のっぺらぼうの三姉妹の仕業か！

「ありがたいけど、なんだろうこのムズムズ感」

縁側とこの部屋の障子を閉めて着替える。障子の向こう側から、朝の水浴びから戻ってきた手鞠河童のチビと大旦那様の会話が聞こえてきた。

「あー、鬼しゃんいるでしゅ」

「秋に水浴びとは寒くないかい、チビ」

「全然寒くないのでしゅー。現世という名の荒波はもっと冷たかったでしゅー。こんなのへっちゃらでしゅー」

「お前はたくましいね。さすがは葵の眷属なだけある」

「うー……でもちょっと嘴ガチガチしてきたでしゅー。さむいさむいでしゅ」

「おいで。鬼火で温まるといいよ」

へっちゃらと強がっておきながら結局寒がっているチビを、大旦那様は鬼火で温めてあげているようだ。

そんなこんなで着替え終わり、髪もあの椿の蕾のかんざしで結う。

「……花びらが、だいぶ広がってきたわね」

蕾の話だ。もう、蕾って言っていいのか分からない。

咲きかけたその花に、少なからず焦りはある。これが大輪の花を咲かせたところを見てみたいけれど、咲けばいつか散るのだから……

「葵しゃーん。お腹すいたでしゅー」

チビがガラッと襖を開けて堂々と部屋に入る。そういえば朝ごはんもまだだった。

「ねえ大旦那様。朝ごはんを食べた？　冷や飯が残っているから、おにぎりくらいならできるけど。移動中に食べるとか」

「葵の握り飯か。うん、いいな」

着替えたばかりだったが、すぐに前掛けをつけて厨房に立ち、さっさとおにぎりだけ作ってしまう。

梅ひじきを混ぜ込んだおにぎりと、鮭フレークをたっぷり詰め込んだ海苔巻きおにぎり。卵が残っていたので、これで卵焼きを作った。

出汁巻きでもなく、ネギ入りでもなく、ただの卵焼き。塩と砂糖、ちょっとのマヨネーズが隠し味。

きゅうりと大根のお漬物を角切りにして爪楊枝で刺し、横に添えておく。

王道のおにぎり弁当の完成だ。もっと色々と作りたかったけれど、食材も無ければ大旦那様を待たせる訳にもいかない。今日はシンプルイズベストで行こう。

これを箱に詰め、風呂敷で包んで持って行く。

「ごめんなさい大旦那様。待った？」

大旦那様は縁側で寝転がって煙管を吹かしながら、チビの池の遊び相手の話を聞いてあげていた。ざりがにとか、あめんぼとか。割とどうでもいい内容だけど。

「いいや、新妻の支度を待つというのも悪くなかったな。ふふ」

「なんでそんな嬉しそうなの？」

大旦那様は起き上がって、「さあ行くか」と手を伸ばす。

私は戸惑いながらも手を取って、それを支えに段差に置いた下駄を履いた。

着慣れない着物だし、転んでも困るしね。

「あー。葵しゃんと鬼しゃんどっかいくでしゅかー。僕を置いていくでしゅかー」

「なんか恨みがましい言い方ね」

いつもは勝手に一人で遊びに行くのに、置いていかれることには敏感なチビ。

「来たいなら来ればいいわチビ。あんたの好きなぶどうが食べられるわよ」

「ぶどう……」

チビが縁側から私の背中に飛びついた。「えっほ、えっほ」と背中を這(は)い上がってくるのが分かる。

「ねえ大旦那様。また宙船(そらふね)で行くの？」

「そうだよ。ただ、お忍びだから天神屋の紋の入っていない、小型の宙船になるだろうね。今回は北と北東を隔てる〝百目山(ひゃくめやま)〟にある果樹園に世話になる。自然が豊かで静かな場所だから、葵も気楽に秋の果実の収穫に勤(いそ)しむといいよ」

さあ行こう行こうと、大旦那様が私の背を押して停泊場まで連れていく。

停泊場には若旦那の銀次(ぎんじ)さんとお帳場長の白夜さんがいて、私と大旦那様のお見送りをしてくれる様だった。

白夜さんは白沢(はくたく)というあやかしで、天神屋の実質のナンバー2。片手に持つ扇子をもう片方の手のひらにピシピシ打ち付けているので、多分少し機嫌が悪い。

「大旦那様。休暇とはいえくれぐれも羽目を外しすぎませんよう。あのアホの雷獣のせいで中央がどうやらきな臭い。分かっておいでだろうが」

「白夜、そうピリピリするな。僕だって重々承知だよ」

「それなら結構。あと葵君」

「は、はい」

白夜さんに名を呼ばれて思わず返事が裏返る。

「今月、夕がおの数字が良いのでそこは褒めよう。とはいえここで気を抜かず、外でもしっかり得るものを得て帰ってこい。ついでに大旦那様にあまり迷惑をかけないよう、心がけるように」

「は、はい！」

思わずビシッと敬礼。白夜さんの言うことはとりあえず聞いておいたほうが良い。

「おいおい白夜。せっかくの休暇なのだ。葵に仕事をさせたくない」

「あ、いいのよ大旦那様。私、もとよりそのつもりだし」

「……そうか」

大旦那様、どこか遠く秋晴れの空を見ている。

「葵さん、外では何があるかわかりませんので、お気をつけて。大旦那様、天神屋の留守はお任せください」

銀次さんがニコリと微笑む。

どこかよそよそしさもあるが、いつもの銀次さんだとも思えた。

「銀次、営業のことは頼むよ。白夜、何かあれば連絡を」

「承知いたしました、大旦那様」

銀次さんと白夜さん、二大幹部は深々と頭を下げて、私たちの乗った宙船を見送った。

悠々と空を上る船の甲板で、午前の日差しを浴びる。日差しは暖かいのに風は涼しい。

それがとても心地よいのだ。

「ああ〜っ。いい天気ね大旦那様。晴れて良かったわ」

「ああ。ところで葵、朝飯を」

「気が早いわね大旦那様……」

甲板のベンチに座って、さっそくおにぎり弁当を開く。

この気持ちの良い中、並んで食べるおにぎりは美味しい。昨日も散々お米を食べたのに、塩で握ったおにぎりはまた違う味になる気がする。なによりお外で食べるのが良い。

「卵焼きも美味いな。シンプルなのが、握り飯には合う」

「でしょう？　いつもなら何か他の具を巻き込んじゃうんだけど、今日は味付けも軽めにしたの。食火鶏の卵の味を楽しめるし、おにぎりに具がたくさん入ってるからね。でも隠し味にマヨネーズを入れているから、塩気がまろやかでしょう？」

私があれこれ語っていると、大旦那様は楽しげに微笑んだ。

「ふふ。いいな。やっぱり葵の手作りは。親しみや温かみがある」

「………」

そういう今日の大旦那様も、親しみやすいし語りやすい。

このひとへの印象は、以前とだいぶ変わったな。

いや、変わったのではなくもともとこういう鬼だったのかもしれない。関わり合いや会話を重ねるうちに、私がそれに、気がつけるようになっただけで……

「ほ、本当はもっと色々作れたら良かったんだけど」

そしてふと、せっかくの機会だったんだから、色々と凝ったお弁当にすれば良かったと思った。実際、私はあまり自分の手料理を大旦那様に食べてもらったことがない。

いや、あるにはあるが、他の従業員に比べて、あまりに回数が少ないのだ。

「気にするな。お前はいつも料理ばかりしている。時には、気を使わない料理も良いだろう？　それでも十分、美味いのだから」

「……気を使わない、料理」

確かにここ最近、おもてなしの料理を作り続ける日々だった。

隠世に来る前は、祖父と自分という、家族にだけ作って食べるお料理だったそれは、ここに来てあやかしをもてなす為の武器に変わった。

それはそれで緊張感もあり、スキルアップに繋がる気もするが、時には気楽な料理を作りたくなる。それこそ、自分や家族に振る舞うもののような……

「葵しゃんきゅうりきゅうりー」

「あ、ごめんチビ。はい」

爪楊枝に突き刺していたきゅうりのお漬物を、そのまま「はい」と手渡す。

チビはそれを両手で持って、夢中になってシャクシャク齧った。

朝は緊張していたのに、気がつけばここには気楽さがある。

おにぎりと卵焼きだけのお弁当を無意識に持ってきてしまったのが、その証拠と言えた。


「ようこそおいでくださいました、天神屋の大旦那様。夕がおの葵殿」

果樹園の入り口で出迎えてくれたにっこり笑顔の主人は見覚えのある顔をしている。

前に一度、銀天街で出会ったことのある……あれは確か、ろくろ首の六助さんだ。

夕がおでも、六助さんの営む水巻農園の果実にはお世話になっている。

「こんにちは、六助さん」

「葵殿。いつも我が水巻農園の果実をご贔屓にしてくださってありがとうございます」

「六助殿、世話になるぞ。とはいえお忍びだ。今日の僕はただの平民。あまりかしこまってくれるな」

「分かっておりますよ、大旦那様。今日は平日ですから、お客も少なくゆっくりできると思います。えーと……あ、紅葉も向こう側の山面に見えますね」

六助さんは首をにょ～と伸ばして山の方を確認すると、胴体の方は進行方向へと案内してくれた。

「ささ、どうぞこちらへ」

私たちはいよいよ果樹園の中へ。まずは、この水巻農園が今一番力を入れているという、ぶどうの園に入っていった。

「わあああ」

たわわに実った、弾(はじ)けんばかりの紫色の水の玉の果実が、頭上を覆う蔦(つた)からぶら下がっている。まるで宝石のような鮮やかな色だ。蔦の隙間から漏れこむ秋の陽光が、いっそうこの甘い空間を不思議な生命力で満たしていた。

「すごいわ大旦那様！　立派なぶどうがたくさん実ってる」

「ここのぶどうは、隠世でも特に一粒が大きくて甘さの強い〝大紫水(だいしすい)〟という品種でな。最近じゃ種無しがよく売れると六助さんが言っていた」

「確かに……現世でも種無しぶどうをよく見かけるかも。皮を食べられるのも」

「これは皮は食べられないぞ。だが剝(む)くのは簡単だ。摘(つま)めばつるんといける」

「へえ、巨峰みたいな感じかな。ぶどうタルトを作りたいと思ってたんだけど、ぴったりかも……」

種ありのぶどうもその果実の息吹を感じる良さがあるが、種無しぶどうは何と言っても食べやすいし、お料理にも使いやすい。

ぶどうの木はそれほど背が高くないため、私でも簡単にぶどう狩りが楽しめる。房の下に手を添えて、ハサミで摘み取るのだ。

「……わあ」

ずっしりと重い、自分で摘み取る楽しみというのがある。お店でパックに詰められたぶどうを買うのとは訳が違う。

摘み取った先から、我慢できずに一粒食べてみて、びっくり。

「うわっ、濃い！　大旦那様、すっごく甘くて濃いわ。美味しい〜〜っ！」

「さっそく味見か」

じゅわっと口にひろがるぶどうの汁の濃い味に驚かされるし、果実の食感はコリっとしていて固めなんだけど、酸味はそれほど強くなく、糖度が高い。摘み取ったばかりの常温ということもあり、味と食感をストレートに楽しめた。これは良いものだ。

「葵しゃん、僕もぶどうチューーチューしたいでしゅ……」

「分かった分かった」

チビがぶどうの房に掴まってぶら下がっていた。一粒をもいで与える。

チビはその嘴を器用に使って、一箇所皮を剝いだらそこからチューっと汁を吸ったり、舐めたり齧ったりしている。

チビがぶどうを抱えている様はなんだかかわいい。

「次はりんごだな。天神屋の皆にも土産で買って帰ろう」

「りんごかあ。保存方法しだいでかなり長持ちするし、私もたくさん欲しいわね。りんごにはお料理のバリエーションもあるし」

私たちはぶどうの籠（かご）を六助さんに預かってもらい、張り切ってりんご狩りへ向かう。

りんごの園は、ぶどうの園よりさらに奥にあった。

木の背丈は大旦那様よりもう少し大きいくらい。丸っとしたシルエットの木に、満遍なく果実が実っている。

「わ、真っ赤だわ」

りんごって、美味しいけれど見た目もかわいい。

この真っ赤に熟れた色と、つるんとした丸い形が好きだ。飾っておきたくなるかわいさだけど、やっぱり私は味への興味に勝てない。

ハサミで一つを摘み取り、もぎたての皮をゴシゴシ拭（ふ）いて、さっそく齧ってみる。

一口齧った瞬間、口いっぱいに広がる甘酸っぱい汁と上品な香り。シャキシャキとした硬さのある果実が水分を弾かせ、軽快な音を立てる。

そうそう、これがりんごって果実よね。

「甘いかい葵」

「ええ！　甘さの中に、程よい酸味もあって、味がとても濃いわ。やっぱり水巻農園の果実は質が高いわね。あ、大旦那様、あっちのりんごは種類が違うみたいよ、行きましょう行きましょう」

「落ち着け葵」

私は大旦那様を連れて、あっちへこっちへ。りんごの園には数多くの品種があり、どれも少しずつ味や糖度が違うので、全てを試してみたくなる。

「見て大旦那様。山を少し登った所にも、りんごの木があるわ」

そして、少し変わった場所に植えられているりんごを発見。

りんごの園のほとんどの木は、基本的に平たく切り開かれた場所で育てられていたのだが、接する山を少し登った場所に、一際鮮やかなりんごの木が見えるのだ。

ピンクの混ざった彩度の高い赤色のせいで、その果実は輝いているかのよう。

「あれは山りんごの一種だ」

「……普通のりんごとは違うの？」

「山りんごは少し酸味があって、果実も固い。最近までほとんど食されなかった果実だったが、最近、水巻農園ではこの山りんごを酒にして売り出しているな。まだあまり知られていない品だが、前に六助さんが天神屋に一本くれたものを、ちょうど昨日飲んでみたんだ。銀次と共に、接待の席でな」

「そういえば……昨日酔っ払ってたわね、二人とも」

「これがなかなか美味いのだが、酔いやすくてな」

「へ、へえ」

山りんごのお酒。気になるが、私……お酒にはいい思い出がないのよね。

前に天狗の秘酒を飲んでとんでもないことになった経験がある。あれが今でもトラウマで、以来私はなかなかお酒を飲めずにいる。

「あはは、そう強張った顔をするな。確かに飲酒後はかなり酔うが、二日酔いしにくく翌日の目覚めも心地よい。休日の前夜なんかに一杯だけ飲んでみると、健康にも良い酒らしい。……水巻農園の新たなブランド商品だ、帰りに買って帰るかな」

「大旦那様、ただ飲みたいだけなんじゃないの」

「……銀次も気に入っていたし、土産だ」

などと言いつつ、どこか視線が泳ぎがちな大旦那様。

その山りんごの木のもとまで登り、果実を確かめた。思っていたより一個が大きい。

摘み取って齧ってみると、確かに甘みより酸味が強く、果肉も固い。

「これ、お酒だけじゃなくて……ジャムにも適してるわね」

砂糖で煮るジャムは、こういう酸味があって煮崩れしにくいものが良い。

自分の背負っていた小さな籠がいっぱいになったので、大旦那様の背負っていた大きい籠にも、この山りんごをポイポイと入れていく。

それにしても……

「大旦那様って、その姿で普通の格好をしてると、やっぱり下っ端感が出るわね。りんごの籠がよく似合うわよ」

「……僕のことを下っ端と言い切ったのは葵が初めてだな」

だけどどこか嬉しそうな大旦那様。

「そろそろ別の果実の園へ行こうか。籠ももう、りんごでいっぱいだな」

「ええ。もう十分かしらね」

果樹園の隅っこには、火を焚いてジャムを作る小さな施設があるので、大旦那様とそこへ向かおうとしていた。

前を行く大旦那様の籠の中を、チビがチョロチョロして遊んでいるのが見える。どうやら山積みのりんごの隙間をぬって、迷路遊びをしているみたいだ。

「チビ、あんまりりんごで遊んじゃダメよ」

「分かってるでしゅ。僕は優秀で賢いあやかし。りんご虐めないでしゅ」

しかしその途中、チビがもぞもぞしていたせいで、りんごが一つだけ籠からコロンと落ちてしまう。

「あー。落としちゃったでしゅー」

チビが籠からぴょこんと顔を出し、悪びれた様子もなく呑気にそれを見送るが、私は慌て転がるりんごを追いかけた。

あれは、ジャム用にと思っていた赤いりんごだ。一個でも無駄にしたくない！

「あれ？」

しかしそのりんごが突然消失。

草に隠れて気がつかなかったが、りんごの転がっていった先に、大きな穴があったのだ。

って、下駄が木の根に引っかかって、私までりんごの落ちた穴に頭からダイブ！

「ぎゃあああ～～」

「葵⁉」

背負っていたりんごをぶち撒けながらコロコロ落ちていく。

非常に滑稽で衝撃的な転がりかたをしているに違いない。体をあちこちにぶつけて痛い。

「葵ー葵ーっ！」

「あー。ありゃもうダメでしゅね……」

大旦那様が名を呼ぶ声と、薄情なチビの一言が、どんどん遠ざかっていく。

ゴロゴロ、ゴロゴロ……まるで背負っていた籠のりんごと共に、私、どこかのベルトコンベアに流されて出荷されているみたい……

悠長にも、私はそんなことを考えていた。

「いったたた……」

落ちた先は、山の中の崖に囲まれた、円形の広場のふかふかとした落ち葉の上だった。

切り立った崖は高く、それを覆う高い木々の隙間からわずかに空が見えるだけ。

周囲をぐるっと確認しても、私が落ちてきた穴すらもう見つけられない。

「わあ、アキアカネだ」

だがここには、静寂と、紅葉がある。

落ちた紅葉が浮かんで染める、小さな泉がある。

無数の赤トンボが、泉の上を飛びかっている。

赤、橙、茶、黄。幾重にも重なって敷き詰められた、落ち葉の絨毯は見事だ。

なんて綺麗な、秋の森だろう。

紅葉を意識すると、祖父にまつわる古い記憶を、思い出しそうになる……

「って、そうだ。大旦那様は……大旦那様、大旦那様ぁーっ！」

惚けている場合ではない。大声で大旦那様を呼ぶが、その声は崖の壁面で反響し、こだまするだけ。

大旦那様は近くに居ないみたいだ。

「まさか……果樹園に来てまで迷子になるとはね」

隠世で迷子になったことは何度もあるが、ここでの迷子は遭難っていうんじゃないだろうか？

「あ、あまり深く考えないようにしよう……」

とりあえず助けを待ち、私は周囲に散らばった真っ赤な果実を拾い集める。

りんごはどれも無事だ。傷がついてしまったものもあるが、食べる分には問題なさそう。

そんな時だ。ガサガサと音がして背後に気配を感じ、私はビクリと振り返る。

「だ……誰？」

森の奥からは、りんごのような真っ赤な目の猿の面と、体を覆う蓑を身につけた者たちが現れた。

彼らは私を囲む。複数人いるみたいだ。

「女だ」「……人間の娘だ」

ボソボソと囁き、面の小さな目穴からお互いに合図をしている。

後ろが崖ということもあり、私はこの場から動くこともできなかった。

「な、何よ。ちょっと……」

怪しげな者たちは私ににじり寄る。まさか、私を食おうとしているのだろうか。

しかし彼らは蓑の中から不思議な木の棒を取り出し、それに火を灯して、私の方に煙を近づけたのだ。

「……？」

苦甘い、知らない香り。

それに気がついた瞬間、私はふっと意識を失ったのだった。

○

夢を見た。古い記憶にある、紅葉とりんごの夢。

実は昔、一度だけ祖父の生家に行ったことがある。

私が小学四年生の時の、ちょうど秋だったかな。確か祖父は、亡くなった自分の母の仏壇に参るため、東京郊外にある大きな屋敷に赴き、私はそれについていったのだ。

久々にやってきた自分の生家は、やはり懐かしかったのだろう。

屋敷の庭で飛びかう秋の風物詩を、祖父は感慨深く見ていたっけ。

「ああ……そうだ。この家は秋になると、アキアカネばかりになる」

「おじいちゃん、アキアカネって何？」

「……赤とんぼのことだよ、葵」

祖父は生家の人間と絶縁状態にあった。

特に本家と言われたこの場所には、近づくことすらしなかったみたいだ。

そのため自分の母ともずっと会っていなかった。私からすればひいおばあさんだけど、私も当然、生前のその人に会うことは無かった。

その人が亡くなった時も、祖父は葬式に参列する事はなく、こうやって後にこっそりと招かれ、仏壇に参る事しかできなかったのだ。

その家に行ったのはそれが最初で最後だったけれど、本当に、とても大きなお屋敷だったのを覚えている。

おじいちゃん、実はお坊ちゃんだったのかな……

「危篤を知らせることができず、申し訳ありませんでした。やはり、本家としては難しく」

「いいや、母の死は、俺の……〝呪い〟のせいだ。本当にすまないことをした。殺しても死なないような……強い人だったのに」

「大奥様も同じようなことを言って、最期まで史郎さんの事を心配されていましたよ。とりあえず、仏壇の方へ」

祖父を招いた壮年の男性が、そう言ってお屋敷の奥の、立派な仏壇の前に招いてくれた。

……呪い？

祖父が低く小さな声で発したその言葉を、あの時は不思議に思ってもすぐに聞き流してしまっていた。

しかし今思い出してみれば、それには大きな意味があったように思う。

「……葵、ひいおばあ様に、お参りをしなさい。……母さん、これが俺の孫娘、葵です」

祖父は大きな仏壇の前で、私を亡き人に紹介した。

色の綺麗なりんごがたくさんお供えされているのが、子供の私には印象的だった。

線香の香りと、ゆらゆらと揺れる煙の中……

その赤がとても映えて、綺麗で。

知らない人へ、何をどうお参りすれば良いのかわからなかった。

しかしちらっと見た祖父の横顔が、今まで見たことのない、辛く寂しそうなものだったことを……今でもよく覚えている。

「葵、少しここで待っていなさい」

祖父は、親戚の男の人と二人きりでお話があるからと、私をお屋敷の畳の部屋で待たせた。そこには庭に繋がる縁側があって、秋の赤とんぼが開け放たれた窓から悠々と出入りしていたっけ。

なぜ自分はここにいるのだろう……

縁側で座り込み、夕方の茜空を見ては、そんなことを考えていた。

自分はどこまでも部外者だなあと心細く思ったけれど、お屋敷の居心地は悪くなかったな。こういう古い屋敷にはあやかしが寄り付きやすいが、悪いものがいる気配が全く無い。

何かに守られている、そんな安心を覚える場所のような気がしたのだ。

あれは、今思えば結界じみたものなんじゃないかと思う。

「お前、人間か？」

「……⁉」

唐突な、問いかけだった。

いつの間にか、隣に男の子が立っていたのだ。

その子のオレンジがかった髪のせいで、一瞬、人ではなくあやかしの類だと思って、体を強張らせた。

あやかし……ではなく人間だ。小学生低学年ほどの、幼い子。

しかしその子の瞳もまた、私と同じ色をしている。

目の前にあるものの本質を探るような、子供らしくない瞳。

「私も……人間だよ」

小さな声でそう答えると、その子はむすっとした顔のまま、「ん」とおぼんを差し出してきた。切ったりんごを並べたガラスのお皿と、牛乳のグラスが載っている。

「これ、母ちゃんが持って行けって」

私がそれを受け取ると、その子はダダーッと逃げるように走り去っていった。そういうところは、子供らしいというか何というか。

途中「茜、走っちゃダメよ！」と母親らしき者の叱咤が聞こえた。

あの子、茜って名前だったのか。この空の色、そして赤トンボの名だ。

皮をうさぎに見立てて切った可愛らしいりんごに、この家の母の愛を感じ取る。

あの子もこれを、普段から食べているのだろう。

添えられていた小さなフォークを突き刺して、おしりから齧る。

「あ、甘い」

そして、冷たい。冷蔵庫で冷やしていたもので、冷たいのが喉に心地よい。

りんごを食べながら牛乳を飲むと、何かがとても懐かしいと思ってしまう。

子供。そう、子供にしか分からない秋の味。

あの子は、今どうしているのかな。元気にしているかな……

もう会うことも無いだろう。

でも紅葉とりんごを見たせいか、古い一度きりの出会いを思い出してしまった。

◯

ドンドゴ……ドンドゴ……

「………」

目が覚めると、そこは薄暗く古い、岩穴の大広間。

私はその前方にある、大きな祭壇に横たえられていた。

ついでに周囲に数多くの供物が。

数々のロウソクの火が揺れ、花と果実と豚の頭、鹿のツノなどが供えられている。

「な、なにこれ」

私を前に太鼓を鳴らして踊り、儀式じみたものを展開している、あの怪しい猿面のあやかしたちがいる。

「神子(みこ)様」「お目覚めだ」

彼らはボソボソと囁く。

神子様？

「あの、私なんで……崇(あが)められているの？」

あまりに訳が分からなかったので勇気を出して尋ねてみる。

しかし蓑を纏(まと)った猿面のあやかしたちは、なぜだか皆「ははー」とひれ伏した。

「人間の娘、我らがカク猿の山里の神子」

「我らを、凶事から救いたまえー」

「………」

カク猿というあやかしたちは、さっきから私を崇める。

危害を加えてくる感じではないが、これはこれで調子が狂う。

「あの……私、山沿いにあった果樹園に来てたの。帰りたいんだけど……」

猿面がバッと顔を上げる。あまりに迫力のある色とりどりのお面で、私は思わず生唾(なまつば)を飲み込んだ。普段接しているあやかしとは、また違った雰囲気だ。

どこぞの秘境に住む部族というかなんというか……

「神子よ」

「いや、神子とかそんなのじゃないから。ただの人間だから」

私がきっぱり否定すると、彼らは集まってひそひそと。

「神子様が生贄(いけにえ)をご所望だ。生贄をここにー」

「はい？　生贄⁇」

私のいうことはまるで聞いていないみたいだな。しかも驚いたことに、生贄として縄をかけられ、引っ張って連れてこられたのは、黒髪イケメンの……

「って！　大旦那(おおだんな)様が奴隷みたいな感じで縛られてる！」

私の前に連れてこられたのは、まさしく天神屋の大旦那様、若作りバージョン。

この姿だとあまりにオーラゼロで天神屋の大旦那様とバレなかったのか、そもそも彼らが大旦那様を知らなかったのか。

ななな、なんて恐れ多いことを！

天神屋のみんなが見たら激怒してここを火の海にしかねない！

当の大旦那様はキョロキョロして、私が祭壇で青ざめているのを見つけると、子供っぽくニコリと笑う。さすがに余裕だ。むしろ楽しげ。

「神子様、里の外でうろついていた者にございます」

「この生贄をどうぞお好きに。煮るなり焼くなり食うなり」

いやいや人間の娘はあやかし食いませんけど！

「なら早く縄をといてあげてっ！　そのひと結構偉いひと！」

「ははー」

カク猿たちは言われた通り、大旦那様の縄を解く。

「ふう。まさかこの僕が縛りあげられるとは、驚いたな」

「まるで驚いてる顔じゃないけどね。なんか楽しそうだけどね。ていうか何で簡単に捕まってるのよ！」

「葵を探していて、カク猿の里に出たのだ。大人しく捕らわれた方が中に入りやすいと思ってな。結果はこの通り。葵に出会えて万事オッケーというやつだよ」

「大旦那様的にはこの出会い方でオッケーってことね……」

カク猿たちは私と大旦那様をじっと見ては、やはりひそひそと話している。

不気味なものたちだ。いったい私たちをここに連れてきて、何をしようというのか。

「やれやれ」

　大旦那様は腰に手を当て、その変化を解いた。

　普通、ここで誰もが驚き「天神屋の大旦那様だ！」となるところだが、カク猿たちは頭に疑問符をのっけているだけ。

　なんとも言えない沈黙ののち、大旦那様はゴホンと咳払い（せきばら）した。

「葵。ここは百目山の山中だ。百目山に存在するカク猿の隠れ里の事は知っていたが、訪れたのは初めてだな。なんせ、カク猿の里は北の地の領分だ」

「へえ。じゃあここ、もう北の地なの？」

「まあそういう事だな。北東の地との境界ではあるが……」

　大旦那様は、再びドンドゴドンドゴと太鼓を鳴らし、祭壇を前に儀式めいた舞いを披露しているカク猿たちを見据えた。

「カク猿たちは古い時代から人間の娘を攫（さら）ってきたあやかしだが、今ではそれが禁じられ、代わりに人間の娘を神子として崇めるようになったとか」

「それで私、拉致（らち）されてこんなに崇められてるのね」

「しかしまあ、妙といえば妙だ。いくら人間の娘を崇めているからといっても、無理やり攫ったら罰せられる。このような行動に出た理由はありそうだな……」

　この時、ピタリと太鼓の音が止まった。

　お廟（びょう）の扉が開き、年老いたカク猿が一人、ここへ入ってきたのだった。

「長老様、おなーりー」

その者は誰より長い蓑をまとい、何かの骨で作った首飾りをかけ、眠そうな表情の老猿の面をつけている。

杖をつきながら、お供の者に支えられ、私のいる祭壇の前に座った。

「我らがカク猿の里に降臨なさった神子様。今こそ我らを救いたもうー」

ははー、と再び皆がひれ伏す。もう何が何だか……

「えっと、長老様？　これはどういう事？　さっきから救え救えって、いったい何から？」

「……最北から来る、山賊どもが我らの里を脅かしております」

「山賊？」

私は大旦那様と顔を見合わせた。

大旦那様は思い当たる節があるみたいで、顎に手を添えて目を細める。

「北から来る山賊。もしかして……尾図魔団か？」

「大旦那様、知ってるの？」

「ああ。最北の大氷河連峰を出て、あちこちの山で暴れている山賊の話は聞いていた。しかしまさか、北東の地と接するこの百目山にまで手を伸ばしていたとはな」

北東の地の八葉として、これは見逃せない状況なのだろうか。随分と深刻な表情になる。

「ねえ、山賊がいったいこの里に何をしたの？」

尋ねてみると、カク猿たちは各々低く唸り声を上げ始める。体に響く唸り声だ。

「我々はすでに、尾図魔団の手下でございます」

「ん、どういうこと？」

「尾図魔団は二十人程度で行動する山賊です。しかし傘下の手下はあちこちの山におり、我々もその一味に加わるほかありませんでした」

長老は籠った声で語り始める。

「奴らはある日この里にやってきて、奪い壊し、里の者を傷つけ暴れまわりました。我々は為す術も無く降参し、奴らの支配下に落ちたのです。それから、奴らはここを根城の一つとし、毎夜この里にやってきて宴会を催すのです。里の食物を食い荒らし、酒を飲み干し、やはり酔って暴れるのです。すでにこの里の貯蓄していた食料が半分食べ尽くされました。これでは冬を越せません」

「なるほど。要するに、すごく迷惑しているのね」

それで私を攫って、神頼みをしていた訳か。

「神子様。どうぞ我々をお救いください～」

やはり私を崇め、救いを求めるカク猿たち。

神にもすがる思いだという必死な雰囲気は伝わってくるが、そんな案件、普通の人間の娘に簡単に解決できるものではない。

「長老。北の八葉に連絡はしたか？」

ここで大旦那様が、威厳のある声で尋ねた。

長老は顔をあげ、お面越しに大旦那様をまじまじと見ていた。

「……なんと。あなたは、天神屋の大旦那様ではございませぬか」

「うーむ、やっと気が付いてもらえたか」

「ちょっと残念そうね大旦那様」

お忍びを楽しんでいただけに、いよいよバレてちょっぴりつまらなそうな顔をしている大旦那様。

しかし長老はお面を取り、深々と頭を下げる。猿面とそう変わらないシワの深く刻まれた顔で、かなりの高齢と思われる。

他のカク猿たちはやはり大旦那様にピンとこないらしい。それだけ、ここは外界と切り離された僻地（へきち）ということだろうか。

「無礼をお許しください、大旦那様」

「いや、今そのようなことは良い。それより、やはり北の八葉は……動けないか」

「ええ、北の八葉は何もしてはくださいません。それどころではないと、山賊どもの行動を見て見ぬ振りをしているのです」

「……やはりな」

「え、どういうこと、大旦那様」

　話の流れが見えない。こういう時、普通はその地を治める八葉が出てくるのではないだろうか？　ここでいうと、北の地だ。

　大旦那様は顎に手を添えたまま、私に詳しい事情を説明してくれた。

「実のところ、北の地は問題を抱えていてね。ここは別名〝氷河の地〟と呼ばれ、隠世最大の面積と、巨大な氷の城を有している歴史のある土地だ。しかし自然の厳しい場所であるため、治めるのが最も難しいと言われていてね。現八葉は強い影響力を持つ偉妖で、しばらく北の治世は安定していたのだが……ここ数年、その者が病に伏せているのだ」

「へえ。前に深く関わった南の地も特殊な事情を抱えていたけれど、北の地にもそういう問題があるんだ」

「まあそのせいで治世が混乱し、今まで押さえ込まれていた山賊たちがあちこちの山で縄張り争いをしている。尾図魔団はその中でも、特に勢いのある集団だ。……とはいえ僕の管理する北東近くまでやってきたからには、少しお灸を据えなければ、と思うがね」

　大旦那様、キリッとしたかっこいい顔をして言っている……

　この言葉を聞き逃すことなく、カク猿の長老は塞ぎがちだった目をカッと見開いた。

「もはや北の八葉は頼れませせぬ。しかし天神屋の大旦那様と、神子様がおわすのであれば。

どうか我が里の為、山賊を退けてくださいませぬか」

「ほお。僕の新妻を穴に落として攫っておいて、なかなか勝手な頼みごとだな。僕なんて縛られてしまったよ」

「…………」

いや、そこらへんは私のドジと大旦那様の意味不明な行動が原因じゃ……

「せっかく楽しくりんご狩りをしていたというのに、僕と葵のデートが中断されてしまった。葵に嫌われてしまったらどうしてくれるんだ？　ん？」

「大旦那様、途中から私怨がにじみすぎよ。それにこのくらいで嫌いになったりしないから」

「本当か葵⁉　な、ならば好きか……？」

「うーん、どうかな」

期待感溢れる大旦那様に対し、かなり適当な返事をしてしまう私。

カク猿たちもざわついているし、大旦那様はあからさまに落ち込み、隣で背中を丸めてしまっている。そ、そんなにがっかりしなくても……

「それで……尾図魔団は今どこに？」

大旦那様は虚ろな顔のままだが、話を戻す。

「昨日まで隣の山の縄張り争いに出ておりましたが、今晩もここへやってきて、宴を催す予定となっております」

　大旦那様は「うーむ」と唸り、私をちらりと見る。

「葵はどうしたほうが良いと思う？」

「え？　私？」

　大旦那様がこういうことで私に意見を求めるのは珍しい。

　少し考えて、大真面目に答える。

「この人たちが冬を越す食べ物が無くなるっていうのなら、かわいそうだと思うわ」

「ははは。葵はやはり、食べ物のことを心配するんだな。攫われて勝手に祀り上げられたのに、相変わらず、食べ物がからむとあやかしを放っておけない性格だ」

「落とし穴を転げ落ちたせいであちこち痛いけど、別に危害を加えられた訳じゃないし」

「なにっ、痛いところがあるのか⁉　見せてみろ青アザになってるかもしれない」

「大旦那様、今はそんな話をしてる場合じゃないでしょ」

　今度は大旦那様が私の言葉の一部に激しく反応し、話が横道に逸れたので、私が軌道修正。この様子を見て、カク猿たちはまた困惑している。

「ゴホン。まあ、僕も八葉だ。これは北の地の問題とはいえ、山賊がいつ堂々と北東の地に侵入してくるかもわからない。ここで山賊退治しておくのも、僕の仕事か。懐の深い葵に免じて、手を貸しても良い」

「おおお……」

大旦那様の言葉に、皆が希望を見出した、安堵の声を上げる。

「普通鬼って退治されてばかりなのに、隠世じゃ英雄になるのね」

「そんな僕の妻になるのは嫌かな」

「もう散々新妻とか言っておいて、今更なに言ってるの」

「祭壇に二人並んで座っているのは、なんだかどこぞの王と王妃のようだな」

「こんな状況でもかなり楽しそうね、大旦那様」

随分と大旦那様のあしらい方が馴染んできたなと、我ながらしみじみ思う。

しかし……

「よし。というわけで、葵は天神屋へ帰りなさい」

「ええっ⁉」

大旦那様は、突然の帰還命令を出す。葵に免じてと言っていたのに！

「な、なんで⁉　私も何か手伝うわ！」

「駄目だ。山賊は皆武装した、卑劣な集団だ。女の身である葵にも危険が及ぶ恐れがある」

「それなら、大旦那様だって危険じゃない」

「何だ？　僕の心配をしてくれているのかい？」

大旦那様は私の顔を覗(のぞ)き込み、すぐに意地悪な笑みを浮かべた。

「僕は鬼だ。か弱い葵とは違う。今回は料理で解決できる案件じゃないぞ」

「……そ、そんなの……っ、わかってるわよ」

確かに、私では何の力にもならないだろう。今までと違い、武力による争いの場になる可能性だってある。だけど……

「でも、裏で宴会の料理くらい手伝いたいなって思ったのよ」

「……またそうやって、ここぞと料理しようとする」

大旦那様が呆(あき)れ顔でこちらを見ているが、私はお構いなし。

「だって……あ、そうだ。いっそ料理に睡眠薬でも一服盛って、眠ったところを叩(たた)けばいいんじゃない？」

「えっ」

唐突に出した物騒な提案に、大旦那様はぎょっとしている。

カク猿たちも固まってしまっている。

さすがに、ベタすぎる作戦だったか。

「な、なによ……なによこの空気。ベタなのはわかってるわよ。冗談よ」

「いや……さすがは葵。史郎の孫娘らしい発想だなと思って」

「……それってゲスいってこと？」

「い、いや葵、お前は数々の修羅場を抜け猛者（もさ）のような知略を巡らせる、賢妻だな！」

「無理やりなフォローなんていらないわ大旦那様」

気がつけばおじいちゃんらしい悪巧みをしている自分に気がつき、私は遠くを見る。

「確かになかなか古典的だが、だからこそ悪くないかもしれないな。うむ。採った山りんご、百目山の紅葉の枝を使えば、うまくいくかもしれない」

しかし私のベタな提案から、大旦那様はひらめいたことがあったみたいだ。

彼は私の肩にポンと手を置き、鬼らしい悪い顔をした。

「葵、お前の特技を存分に生かせそうだ」

第三話　百目紅葉の隠れ里（下）

「……わあ、すごい」

祭壇のある大広間から出ると、そこは幅の広い通路が吹き抜けとなっており、向かい側の山の岩壁をなぞるように色づく紅葉を一望できた。

私たちは、随分と高い場所にいたみたいだ。ちょっぴり寒い。

「カク猿の隠れ里は、岩壁に穴を掘って住居を造っている。この岩壁からは頑丈な紅葉が生えていて、その枝葉が通路や穴を隠してくれるから、ここは隠れ里と呼ばれているんだ」

大旦那様が隣にやってきて教えてくれた。

確かに、よくよく見ると岸壁には穴があったり通路があったり。それは派手な色をした紅葉にすっかり隠されている。

なんだか普通の紅葉より光沢のある朱だ。強い風に吹かれて私の足元をハラハラと舞い、通り過ぎていく様は神秘的。まるで赤い宝石の煌(きら)めきのよう……

「この辺の紅葉は、百目山(ひゃくめやま)の山頂付近にしか生えていない貴重な〝百目紅葉(ひゃくめもみじ)〟という。この枝は、燃やすと軽い睡眠作用のある煙を出すんだ」

私がここへ連れてこられる時に嗅いだ煙も、この樹を燃やした時に出たものだったらしい。どうりで、すぐに気を失ってしまった訳だ。

しかし、山賊もそのことは重々承知である。百目紅葉の枝の煙には常に警戒しており、まきは自分たちで用意したものを使うと、カク猿たちは言っていた。

それで山りんごの料理が必要という訳だ。


「自分から提案しておいてなんだけど……これ、本当にうまくいくかしら」

その後、私は用意してもらった里の空き厨房に立っていた。

大きく立派な石窯のある厨房で、古く重い石の調理器具ばかり。

大旦那様は私に「山りんごを使った料理」をたくさん作るように言いつけた。

というのも、この作戦では山りんごを山賊にたくさん食べさせておく必要があるからだ。

「持ってきたぞ、葵」

大旦那様が籠いっぱいの山りんごを持って、厨房に入る。

先ほど果樹園で摘み取ったものを、山の部族が返してくれたみたい。

「ねえ大旦那様。本当に山りんごで、大丈夫なの？」

「ああ。言っただろう。山りんごは百目紅葉の枝の成分に反応して、大層酔いやすい成分を生む。睡眠を促す煙も、この成分所以の作用だ」

山りんごの酒もまた百目紅葉の樹のチップを漬け込んで作るのだと、大旦那様は六助さんから、企業秘密だと聞いたことがあるらしい。ここで語っているので、企業秘密が私にばれてしまっている訳だけど。

「ねえ、なら山りんごのお酒を出せば良いんじゃないの？」

「あれは水巻農園のオリジナル商品だ。この里では作られていない。しかし山賊たちが気に入っている美味い地酒はあるらしい。この酒のつまみとしての料理であれば、気軽につまむだろうし、葵は海宝の肴を成功させた実績がある。山りんごの料理を、百目紅葉の枝を燃やした火で調理してもらいたい」

「……なるほど、ねえ」

大旦那様の要望に私はそっけない反応をしたが、実は内心、かなりワクワクしていた。早くこのりんごを使ってお料理をしてみたかったからだ。

りんごのお料理なんて、山賊退治には可愛いすぎる気もするが、

「分かった。さっそくだけど、ここでは何の食材が使えるの？　山賊たちは、今まで何を好んで食べたのかな」

キョロキョロと、灰色ばかりの厨房を見渡していた、その時だ。

「……岩豚」

厨房の出入り口に、カク猿の小さな子供が二人、籠を持って立っていた。

「岩豚、俺たちの里でよく食う家畜だぞ」

「森に放牧し、山りんごやどんぐりを食わせていた」

顔全体を隠すお面ではなく、目元だけを隠す、子供用のお面をつけている。

「へえ、岩豚。もしかしてあの祭壇に供えられていた豚の頭ってそれかな。……ねえ、食料不足なところ悪いけど、その豚肉って使えるの？」

子供たちはコクコクと頷き、可愛らしい声で教えてくれる。

「どうせ今夜の宴会に何か作らなければならない」

「長老が神子様にって。この里にあるものなら、何を使っても良いと言っていたぞ」

持ってきてくれた食材の籠の中には、すでに岩豚の塊がある。

綺麗なお肉だ。部位は豚バラか。その割に、脂身があまり多くなくちょうど良い。

木の実を食べて育てられたということは、イベリコ豚に近い感じかしら。

他にもとれたての卵や秋らしいきのこ、さつまいも、定番の野菜などもいくつかある。

「ん、これ何？」

そして、食材の籠を漁って見つけた。

表面が木の灰に覆われた円筒状のチーズがある。隠世では簡単に手に入らないものだが、ここでは当たり前のように用意されていて、私はびっくり。

「ねえ見て大旦那様！　チーズよチーズ」

「北の地では酪農が盛んだから、チーズの製法がそれなりに発展している。特に牧畜をする山の民であれば、独自に開発していてもおかしくはないな」

「あ、そっか。なるほど」

確かに、夕がおが仕入れる乳製品も北の地の酪農家から取り寄せているものだし、南の地でもルームサービス用のチーズがあったが、あれも北の地から取り寄せていた。

「これは、岩ヤギの乳から作ったものだ」

「とても美味いぞ」

カク猿の幼い子が懐から小刀を取り出し、慣れた手つきでチーズの端っこをを切り取り、私に差し出す。ここでは当たり前のように扱っているのだろう。

でも私、実のところヤギ乳のチーズは少し苦手なのよね……

牛乳のチーズと違って個性的なクセがあり、酸味も強い。恐る恐る口にしてみる。

「……ん？」

このヤギチーズはよく熟成されていて、トロッとした柔らかい舌触りだ。

そして、強い酸味があると思っていたが想像よりそうでもなく、ミルクの風味がよく残っている。

何と言っても食べやすい。私が今まで食べてきたものと、少し違う。

「こ、これ……本当にヤギのチーズ？　美味しいわね……」

「これにまぶしてるのも、百目紅葉の木屑の灰だぞ」

「岩ヤギ、俺が世話してるぞ！」

里の食べ物に対する私の「美味しい」の言葉が嬉しかったのか、子供たちは各々楽しげに語る。その様子が、いかにも子供らしくて可愛らしい。

お面で目元は見えなくとも、口の動きや形、声音から表情を想像することができる。

「ありがとう二人とも。一緒に山賊退治を成功させましょう」

頭を撫でると、二人の子供は顔を見合わせ「神子様に頭を撫でてもらったぞ」と嬉々として厨房を飛び出して行ったのだった。この里の人たち、なんだかいまいち掴みどころがなかったけど、子供は子供ね……

さて。私たちの山賊退治計画は、こうやって始まった。

山賊退治の作戦はいたってシンプル。食って飲ませて酔わせて叩く。以上。

私の武器は、やはり料理だ。この食わせる部分で、暗躍したいと思います。

「ところで葵、何を作るつもりだ」

「あのね、ピザよ」

「ピザ？　ピザとは現世風に言うと、イタリアンのアレか？」

「ええ、その通りイタリアンのアレよ。岩豚と、この岩ヤギのチーズ、そして山のきのこを使って、秋の味覚ピザを作ろうと思う。大きな焼き窯で焼き上げる時に、百目紅葉の枝を使うのよ」

今ここにある食材を使って、量産できるピザを焼く。

ちょうど小麦粉もあったし、ピザを作る材料は備わっていそうだ。

「ところで大旦那様、上着も脱いで、たすき掛けもして……ここのお手伝いするつもりみたいだけど他の準備はいいわけ？」

「指示は長老たちに出している。あとはもう、僕にできる事といえば葵の手伝いだけだ！」

かなりやる気ＭＡＸな大旦那様。前回の反省もかねてか、すでに爪も短い。

通常の姿の大旦那様にお手伝いされながら料理をするのは初めてかもしれない。

「それはありがたいけど……アイちゃんがいるし、別に良いわよ」

そして私は、さらっとペンダントを取り出しアイちゃんを召喚。

アイちゃんも私の姿のまま「私がいるので大旦那様はいらないです」と辛辣に言い切る。

大旦那様は真顔ながら、冷や汗がタラリと頬を流れ……

「ア、アイには別の課題をやろう。葵とは違う姿に化ける特訓をするんだ！」

「他の姿に？　なんでいきなり？」

まあ、それは確かにアイちゃんの課題ではあったけれど。

「ここ百目山は、実のところあやかしの修行の山としても知られている。かつて、それはそれは化けるのが得意だった大妖怪〝鵺〟が、この山で修行をし百個目の化け姿を習得したことから〝百目山〟という名がついているのだ。あやかしは力のある者ほど人の姿に化けることをステータスとする。力の誇示だ」

「へえ。ずっと不思議に思ってたのよね。どうしてみんな、本来のあやかしの姿がありながら人の姿に化けているんだろうって。それが力のあるあやかしの証明なのね」

「ああ。この山に入り、自分の化け姿を見出すあやかしは数多くいる。アイもここであれば、百目山の加護を受け独自の化け姿を得られるかもしれない。それに、ここで習得してしまえば、夕がおで働かせてもらえるぞ」

アイちゃんは「んー」と口元に指を当ててしばらく考えていたが、やがてポンと手のひらを拳で打つ。

「どうしたらいいのか全く見当もつきません。葵さまの顔は毎日見てたので化けられたってのもありますー」

「あらら」

やはり、なかなか難しいらしい。

私も一緒になって考えてみる。

「あ、そうだ。なら私と大旦那様、二人の顔を足して二で割るってのはどう？　よく見てきた顔だし、これなら少なくとも別人になるんじゃ……」

　こっちが思いつきで提案すると、アイちゃんと大旦那様は絵に描いたような丸い目をして、あっけに取られている。

　え、なにその反応……

「葵さま、なかなか大胆ですね」

「そうか葵。そんなに僕との間に子が……」

「はあああああ!?　ななな、なに言ってんのよぶん殴るわよ！」

　アイちゃんと大旦那様の反応の意味が分かって、一瞬で赤面。顔が猛烈に熱くなる。

「まあまあ、どうどう葵。しかしそれは良い考えだ。アイのオリジナルの顔を作っていくには、そうやって複数の見た目を取り入れながら、というのが一番やりやすい。僕と葵の顔を足して二で割った娘、僕も少し見てみたい……」

　大旦那様は落ち着いた態度を装っているが、顔がどこかにやけている。

「変なこと考えないでよね大旦那様」

「考えてない、考えてない」

　凄(すご)む私に一歩下がり、まめに顔を左右に振る大旦那様。

　アイちゃんは「むむむ」と眉根(まゆね)に皺(しわ)を寄せ、私と大旦那様の顔を交互に見た。

「ちょっとこれはですね、やってみる価値ありですねー」

我々の顔をしっかり記憶せんと何度も何度も見てから、やがて厨房を飛び出す。

アイちゃんはどうやら、外で化ける練習をするみたいだ。

「ちょっと自分探しの旅に行ってきまーす！」

「あっ、アイちゃん！……チビ、あんたアィちゃんについてってあげて。知らない場所で迷子になっちゃう」

「はーいでしゅ～」

チビは私の袖の中に隠れていたが、もぞもぞと出てきてぴょんぴょんとそこらの段差を足場に降りていく。そして妹眷属のアイちゃんを追いかけて行ってしまった。

「アイちゃん、どんな姿をお披露目してくれるかしら」

「僕らには待ってあげる事しかできないよ」

「チビも随分、頼もしいやつになったわよね……」

なんて親みたいな事を。

しみじみした空気が流れているが、今やるべきはお料理だから。

「じゃあ大旦那様。大旦那様はピザの生地担当ね。この石の器で、小麦粉と油に水を少しずつ加えながら混ぜて。まとまりができたところで台に出して、こねてちょうだい」

分量と要領を教えて、生地づくりは大旦那様に任せる。

「はは。以前の共同作業を思い出すな。折尾屋での天狗騒動で、こういうのを捏ねた気がする」

「あれは団子汁の団子を作ったのよ」

今回作るピザの生地は、とてもシンプルなものだ。

ドライイーストを使わず、発酵もさせなくて良い、薄くてカリカリ感のあるやつ。

さて、生地は大旦那様にたくさん作ってもらうとして、私はそのトッピングを用意しなければ。ピザは二種類作る予定だ。

一つ目は、山賊好みの岩豚ときのこをたっぷり使った、焼き豚和風ピザ。

二つ目は、山りんごとさつまいも、ヤギチーズを使った甘くもがっつりなスイーツピザ。

「一つ目はおとりのピザよ。甘いりんごだけだと食べてくれないでしょうから、最初はがっつりしたピザで胃袋をつかむ。そして甘いりんごのピザを食べてもらう、そんな流れ」

「ほう〜。おとりとは小賢しい。さすがは史郎の孫娘。そして僕の賢妻」

「ええい、うるさいわね大旦那様」

確かに小賢しい作戦だが、私は躊躇なく料理の説明を続けた。

「現世には定番のものばかりじゃなく、照り焼きチキンのピザや焼肉のピザがあるけど、こういう和風ピザもなかなかいけるのよ。家の郵便受けに入ってたデリバリーピザのチラシで、焼肉のピザは人気ランキング上位だったもの」

「ほお。僕が現世に行った時に食べるイタリアンのピザは、チーズとトマトソース、バジルという感じだから、和風のピザはあまりイメージできないな」

「マルゲリータは絶対王者よ。トマトがあったら作りたかったくらい……」

しかし今は、ここにある食材で美味しいピザを作らなければね。

和風ピザの具材にする焼き豚は、この岩豚の豚バラを使う。

豚バラ肉、山育ちの大きな玉ねぎ、舞茸だと思われるきのこをそれぞれカット。豚バラ肉は食べやすく一口大に。山の玉ねぎはみじん切りに、舞茸は適当にちぎっておく。

「タレは、醤油とみりん、お砂糖と酒の定番に、すりおろしたニンニクと生姜、山りんごの果汁や、味噌、唐辛子を加えて、甘辛い焼肉のタレに……と」

相手は山賊だ。お上品な味より、がっつりスタミナがつきそうな味を好みそうだ。さりげなく山りんごの果汁も加えノルマ達成。フルーティーかつ、じんわりとした辛さとコクのあるタレが出来上がり。

豚バラ肉を石製のフライパンで炒め、このタレを絡めて焼く。良い照り色がつくまで、しっかりこんがりと。

これだけでも十分美味しそうな豚バラ焼肉だが、これはあくまでもピザのトッピング。

「葵、かなり捏ねたぞ」

大旦那様がさっきからおとなしいとは思っていたけれど、一人黙々とピザ生地づくりに励んでいたらしい。丸くした生地がいくつもある。

「あら本当、たくさん生地を作ったわね大旦那様。偉いわ」

「葵に褒められたぞ、よしっ！」

達成感があったのか片手をぐわしと握りしめている大旦那様。

「ならその生地は少し寝かせておきましょう。最低でも三十分は常温で置いておかなくちゃ」

大旦那様には、生地を布で包んで室内の暖かい場所に置いておいてもらう作業を頼む。

「じゃあ次は、スイーツピザの準備よ。りんごとさつまいもとチーズのピザ」

「りんごやさつまいもに、チーズが合うのか？」

「あら大旦那様。洒落（しゃれ）たおつまみには、定番の組み合わせよ」

さつまいもとりんごは薄切りにして、それぞれ水にさらしておく。

あとはこれを生地に並べてチーズを載っけて焼くだけなので、生地が完成するまでは、これ以上やることがないんだけどね。

「ふう。ひと段落だわ」

たくさん作らなくちゃいけないので、これらのトッピングを大旦那様と共に、ひたすら用意した。

「葵さまー、大旦那さまー」

ここで、アイちゃんの元気の良い声が耳に届く。

「もしかして!」

「独自の化け姿を習得したんじゃないのか?」

私と大旦那様は顔を見合わせ、思わず厨房(ちゅうぼう)を飛び出た。

「!?」

そこには……そこには、黒髪ショートカットの美少女が!

「ていうかほとんど大旦那様のテイストしか入ってなくない!?」

私の要素は女ってことくらいで、目の前にいるのは大旦那様似の、イケメン鬼っ娘。

とはいえ十四歳くらいの少女で、表情はハツラツとした元気っ子のそれなので、大旦那様の不敵な感じは微塵(みじん)も感じられない。

そのせいで、一個人としての個性を備えている気もした。

「葵さまと大旦那さまを見ていて思いました。大旦那さま似のお子さまが生まれた方が、その子は幸せだろうって」

「アイちゃんちょっとこっちおいで」

「あいたたたっ。葵さまー耳をひっぱらないでくださいー。娘はお父さん似になるっていうじゃないですかー」

我が眷属ながら清々(すがすが)しいほど素直な奴。しかも毒舌にみがきがかかってる気がする。

着物は黒地に赤と緑の椿柄。よくよく顔を見ると、目の色は私の色なので……まあよしとする。

「ふふふ。なるほど、僕と葵の子はこうなるのか。ふふふ」

「大旦那様、妄想するのは勝手だけど、そのにやけ顔はこっちに見せないで」

しかしアイちゃんの変貌は凄い。一緒にいたはずのチビも「知らない子でしゅ」と目をぱちくりさせ、妹眷属の変化にまだ慣れない様子。

「よーし。じゃあみんなでピザを仕上げるわよ！」

「おー」

人間の娘と偉い鬼神、鬼火っ娘とチビな手毬河童。全員集合したところで、寝かしておいたピザ生地を打ち粉をした台の上でせっせと伸ばす。

この作業は、生地担当の大旦那様に。

「おお、なかなか上手よ大旦那様」

「経験が生きたな！　これからもどんどんお手伝いをしてできる旦那になりたい。今時の旦那は妻と家事を分担するものと聞いたぞ」

「今の大旦那様を見たら天神屋のみんなが泣きそうね……」

爪を切られ、凶悪さや威厳を剝がされ、褒められたら喜び……

最初はもっと怖い鬼の雰囲気があったのに、今目の前にいる大旦那様はなんていうかただの新米旦那。訳もわからず頑張っている。

でも、楽しそうに手伝ってくれる大旦那様は、なんというか悪くない。これから山賊退治しようとピザを作っているのだとしても。

案外いい旦那さんになるかもなあ。……いやいや、自分の旦那として、とか思ってるわけじゃないけど。

さて。私は大旦那様の伸ばした生地に、先ほど用意した具材を並べた。

和風ピザには、甘くピリ辛な焼肉のタレを絡めて焼いた豚と、みじん切りにした玉ねぎを満遍なく散らし、舞茸もたっぷりのせる。大葉があったので、バジルの代わりに刻んで散らすとより和の風味が出るのでオススメ。

この上に、さっきアイちゃんに頼んで作ってもらった手作りマヨネーズを細く均等にかけて、あとは焼くだけ。出来上がるのがとても楽しみ。

甘いピザの方も、同じように薄切りにしたりんごとさつまいもを交互に並べた。この上にヤギチーズを均等にたっぷりのせる。

厨房にある石窯を温めながら、私は棚を覗(のぞ)いたり漁(あさ)ったりして、あるものを探した。

「はちみつってないかしら。これ、焼いたあとにはちみつをかけて食べるとすごく美味(おい)しいんだけど」

「葵、百目紅葉の蜜(みつ)ならあるぞ」

大旦那様がここの戸棚の調味料を漁って、それを見つけてくれた。

なんと百目紅葉の蜜。こんなものがあるなんて。

「わあ、メープルシロップみたいな味。美味しい～」

「くどさのない甘みだな。これは良いものだ。僕も初めて食べたよ」

二人して見つけたものの味見をして、感激する。普通にこれ買って帰りたい……

「じゃあ、一枚ずつ普通の薪で焼いてみましょうか。味見よ味見」

「おお、いいな」

そしてやはり、私たちは自分たちの作った料理を食べてみたくなる。山賊退治のために作ったというのにこれだから。

温めた石窯で、二種類のピザを焼く。焼きあがったピザを窯から取り出し、三角形の扇型に、ピザらしくカット。

焼き豚の和風ピザには白髪ネギをトッピング。

りんごとさつまいもとチーズのピザには、百目紅葉の蜜を回しかける。

「おお、美味そうだな」

「食べてみて。こう、分厚い耳のところを引っ張って、手で持って食べるのよ」

大旦那様が和風ピザを、アイちゃんがスイーツピザを、それぞれ引っ張って手に持つ。

まだほかほか温かい三角形のピザ。尖った先から齧るのだ。

「うん、焼き豚も味がしっかりついているな。カリカリした皿のような生地に、このニンニク醤油のタレがよく合う。山賊が好きそうな味だ」

「すごいすごい。葵さまー、チーズが伸びますー」

「あ、具が落ちそう落ちそう」

ピザって味も最高だけど、こうやってみんなでわいわい食べるのが楽しいのよね。チーズがとろーっと伸びるのを見るのも……

「……ん？」

出入り口でカク猿の子供たちが、こちらをチラチラと気にしている。

きっと焼いたピザの匂いが気になるのだ。

「あなたたちも食べる？」

「……い、いいのか？」

「ええもちろん。ぜひ味見してみて」

ピザを怖がって、ちょいちょいと指でつついては手を引っ込める子供たち。

そして見よう見まねでそれぞれのピザを手に取り、両手で支えながら齧る。

「…………」

目元の表情は相変わらずお面に隠れて分からないが、咀嚼(そしゃく)する口角が上がる。

無言ではあったが、ぺろっと食べてしまった。

「美味い。岩豚。肉汁すごい」

「驚いた。美味い。皿食える飯はじめて」

「お皿っていうか、ピザの生地ね」

驚いたというわりに淡々としているが、美味しいという言葉は嬉しい。

私もやっと味見をしてみる。

うん、和風ピザの方は、こってり焼き豚が上にのせた白髪ネギと一緒に食べることで、脂のしつこさを半減している。これがカリカリのピザ生地にも良く合う。お酒との相性も良さそうだ。

スイーツピザの方も、一口食べると、ホクホクしたさつまいもの甘みとシャキシャキの焼きりんごが、とろけるヤギ乳チーズと絡まって、とても贅沢な気分になる。百目紅葉の蜜が良い仕事をしており、これをたっぷりかけて食べると、チーズの塩気やりんごの酸味にまた違う味わいが生まれる。そう、レアチーズケーキみたいな味が楽しめるのだ。

「全部、里にある食いもの」

「なのに、食べたことのない、味」

ぽろっとこぼした少年の、素朴な感想。

「これで、山賊倒せるのか？」

そして、わずかな緊張感。

そうだ。このお料理はある意味で毒りんご。まずは山賊たちが興味を示す食べものでなければならない。

私たちは山賊到着の知らせのもと、百目紅葉の枝を薪に混ぜ、用意していたピザの生地を焼く。煙を少しでも吸わないよう、しっかり口に布を巻きつけて。

そしていよいよ、山賊たちの待つ広間へ、ピザを運んだのだった。

宴会を催すのは、先ほど祭壇を作り私を祀(まつ)っていた、あの岩穴の広間だ。

私は焼きたてピザを抱えたまま、裏から広間を覗き見していたのだが……

「で、でかい……」

山賊の山男というあやかし、想像以上に体格が良く、屈強の戦士という感じだ。

背丈で言うと、みんなして二メートルは軽く越えている。広々としていると思っていたこの広間を一気に圧迫する。

小柄なカク猿たちでは太刀打ちできないのも当然ね。私もすっかり圧倒されている。

「ふふ。さあて、山賊狩りの時間だ」

しかし大旦那(おおだんな)様に怯(ひる)む気配は一つも無い。

さっきまでの、良き旦那を目指していた顔とはまるで違う。美しくも血湧く、鬼らしい邪悪な微笑みを浮かべる大旦那様。

隣にいた私は、このギャップに毎度ぎょっとするのである。

「頭領殿、隣山の攻略、お見事でございまする」

尾図魔団の頭領らしき男は、ボサボサの髪を一本に結い、無精髭を生やしたいかにもな面構え。酒をかっくらいながら、美女を数人侍らせている。

「ええいエテ公のじじい！　そんな御託はいい。もっと酒と飯をもってこい！　俺たちは腹が減ってるんだ！」

「そーだそーだ！」

山賊たちはガラ悪く怒鳴る。

すでに里の者たちが用意した酒と料理を食べ尽くし、かなり酔っ払っていた。

そりゃああれだけ体が大きく、豪快に食べたり飲んだりするのなら、この里の食べ物もあっという間に底をついてしまう。カク猿たちの心配や不安も当然だ。

「それで隣山の巳熊団がみんな俺に負けちまって、最後にあの熊野郎なんて言ったと思う!?　後生ですから毛皮を剝がないでください、だぜ！　がっはははは。お笑い種だよなあ、あんなに威張りくさってたのによお」

「きゃー。お頭なんて男らしい」

「そうだろう！　俺はまだ敗北を知らない」

「よっ。さすがはお頭だ！」

「すべての山は、俺たち尾図魔団のもの！」

山賊の手下たちや女たちが、頭領を褒めちぎっては杯を掲げている。

頭領は随分と気分が良さそうだ。

「ふふん。この北の地で最強を誇る山男！　のちに隠世全ての山を支配する男だ！」

「きゃー、お頭かっこいい！」

「俺の女は皆幸せにしてやるぞ！　がっはははは」

……すごい、あれがハーレムって奴かな。

薄着の女の子たちが頭領にベタベタくっついて、ひたすら褒めて持ち上げている様を見るのは、なんとも言えないむず痒い気分だ。

「大旦那様ってああいうの羨ましいとか思う？」

「……うーん。ああいうのを見ると史郎を思い出してどうにも」

ああ……おじいちゃん隠世であんな感じだったんだ。わかる。

「それに、これでも僕は一途だ。一人に愛されたいし一人を愛したい。そんな僕の妻になるのはどうかな、葵」

「大旦那様って、全部そこに持っていくわねー」

大旦那様は何かひらめいたのか、「そうだ」と手を打ち、ここでポンと別の姿に化ける。

おおお……黒髪ストレートの妖艶な美女だ。横にアイちゃんを置くと鬼娘の姉妹みたい。

「大旦那様、女姿にも化けられたのね！」

「ふふ。銀次だけの専売特許ではないよ。まああまり女姿になる機会は無いが」

大旦那様は赤い紅に弧を描き、悪い笑みを浮かべる。

私はそんな大旦那様をベタベタ触る。うん、背は高いけど女の子。

「奴は女好きと見た。僕とアイで、ピザを配って回るのが良いだろうな。葵、お前はここから見ていろ」

「え、それなら私も」

「ダメだ。お前は人間の娘。カク猿たちの反応を見て分かっただろう。人間の娘というのは、それだけであやかしにとって価値のある存在だ。山賊に知られるのはマズい」

「で、でも」

「葵」

大旦那様は少し屈み、私と目線を合わせて、言い聞かせる。

「葵、いい子だから、ここは僕の言う事をお聞き」

ふわりと、大旦那様のその手が私の頬に触れた。

なんて冷たい手。しかし大旦那様の強い意思が伝わってきて、私は頷くほか無かった。

帰れと言われた時は、私のわがままを聞いてくれて、ここに残してくれた大旦那様。だから今度は、大旦那様の言い分を聞こうと思ったのだ。

「おおっ、なんだ？　美味そうな匂いだぞ！」

「すっかり腹が減ったぞ！　ん、女？」

「おいおい、こりゃすげえべっぴんだな……」

山賊たちはピザの匂いに気がつき、興味津々だ。

いや、あれはピザよりも、美女姿の大旦那様に目を奪われているのかもしれないが、そのせいでピザに対する警戒心も無さそうだ。

「鬼娘か。なぜカク猿の村に、こんな上玉が……」

頭領は大旦那様（美女）を上から下までよくよく観察し、なんだか鼻の下を伸ばしている。そのせいで取り巻きの女の子たちがむくれてしまった。かなり機嫌が悪そうだ。

「山中で迷っていた鬼娘の姉妹を捕らえたのでございまする。頭領への貢物として、ぜひ」

「おお、気がきくじゃねーかエテ公のじじい。悪くねーぜ。しっかし……なんだこの円盤は。飯か？　見たことねーな」

「ピザ、というものでございますよ。現世の料理人から伝わったお料理でございます」

大旦那様が上品な物言いで説明をしていた。

多少ハスキーだが色っぽい声音で、誰もがうっとりと大旦那様に見惚(みと)れている。

まさか男だとは思うまい。

「どうぞどうぞー」

そんな中、アイちゃんが元気に駆け回り、ピザを山賊たちに配る。

可愛くて元気の良いアイちゃんに勧められ、美味(おい)しそうな匂いを漂わせるピザを、断る山男などおらず。

まずは頭領が、岩豚のピザを一口で食べてしまった。

「むっ」

露骨に表情を変えた頭領。

「な、なんだこれは。う、うめえ……っ。土台の生地に、分厚い肉が載っかってやがる。何より味付けが画期的だ。北の地の山を統べる俺様でも、食ったことのねえ味だ」

「えー、お頭ー私たちも食べたい～」

「まあ待てお前ら。これは山の男の料理だぞ」

いや、それは現世のお料理です。と陰で密(ひそ)かにつっこむ。

大旦那様は女の子たちにもピザを勧めていた。女の子たちは、頭領が鼻の下を伸ばす美女が気に入らないみたいだが、ピザへの興味も捨てられず、結局それに手を伸ばす。

「どうぞ、こちらも。甘い果実のピザですわ」

大旦那様はいよいよ、りんごとさつまいもがたっぷり入った甘いピザを勧める。

私たちにとっては、こちらを食べてもらうのが目的だ。

「甘い？　あまり男らしい料理じゃねーな」

「ふふ。そう言わず。魅惑的……な味ですので」

魅惑的、という言葉を発した時の大旦那様（美女）があまりに艶っぽかったので、頭領はその色香に惑わされつつピザを手に取る。

「おう。確かに……魅惑的だっ」

しゃきしゃきした焼き林檎と、ほくほくの甘いさつまいも。とろーりと伸びる塩気のあるチーズと、百目紅葉の甘いシロップの組み合わせに、誰もが訳もわからず悶えている。

女の子たちも、なにこれなにこれと、今ばかりは頭領よりスイーツピザに夢中だ。

「わああっ」

「!?」

そんな時だ。そろそろ仕掛けた毒りんごが効いて、このピザを食べたものたちが眠気に襲われるか、というタイミングで、お酒を注ぎ回っていたカク猿の子供の一人が、酒がめを持ったまま前のめりで転んだ。

なんとその酒が、山賊の頭領や、取り巻いていた女の子たちの頭上にふりかかる。

「…………」

「あ……」

この場がシーンと凍りつく。カク猿の大人たちが、思わず頭を抱えてる。

あの子、私の厨房(ちゅうぼう)に食材を運んでくれた子だわ。その場で小さくなって、動けなくなっている。

「っほお～。大人しいカク猿どもは反抗もせずにつまらねえと思ってたが、どうやら子供(ガキ)はやる気あるじゃねーの。おかげで興ざめだ」

さっきまで気分を良くしていた頭領は、すでに額に筋を浮かべ、大層ご立腹だ。

「てめえこのクソガキ！」

「いけーお頭。ガキなんてやっちまえ！」

山賊たちは乱暴な言葉を吐いて、頭領をけしかけていた。

悪い流れだ。嫌な予感がする。

頭領の男は立ち上がり、酔っ払った勢いでピザの皿を蹴飛(けと)ばすと、やはり拳(こぶし)を振り上げ子供に殴りかかろうとした。

「やめて！」

予感は的中。怯(ひる)む間もなく私は駆け出し、覆いかぶさるようにその子を抱きしめる。

大旦那(おおだんな)様に、隠れているように言われていたのに。

一発殴られる覚悟ではあったが、頭領は突如現れた私に気がつき、すんでのところでその拳を止めた。

「!? なんだこいつ……よく見ると人間の娘じゃねーかっ!?」

私に違和感を感じたのだろう。頭領は最初こそ、突然現れた私に驚き妙な顔をしていたが、流石に察しが良い。山賊たちは「なっ、なにぃ!?」とお決まりの反応。

やがて頭領は歯を見せ笑うと、止めた拳をパッと開いて私の襟元を掴み、そのまま持ち上げる。

「み、神子様、神子様!」

カク猿の子供が半泣きで私に手を伸ばしていた。宙ぶらりんのままジタバタと暴れたが、私ごときの力では振りほどく事もできない。

「ははっ。こんなところで人間の娘にお目にかかれるとはな! こいつはいい金になるぞ! いや、やっぱ珍しいし俺の女衆に入れてやるべきか? なんにしろすげー獲物だ」

「……おい」

「ん?」

興奮する頭領の背後から、怖気のする霊気が漂ってくる。

そのせいで、騒がしかったこの空間が、一気に静まり返った。

「お前、汚い手で葵に触れるな」

「……は？　なんだ、てめ……っ」

頭領は私を持ち上げたまま振り返り、大旦那様の姿を前に目を見開いた。

「葵の飯を蹴ったな……お前」

女に化けていた大旦那様は、ゆらりと歪む視界の中で、瞬く間にその姿をいつもの鬼神に戻す。

その出で立ち、纏う霊気。冷たく刺さる視線。

別格の存在だと、誰もが分かる。

「な……」

頭領は脂汗を滲ませて、歯を食いしばって笑う。笑うしかないのだ。

「み……たことがあるぜ。てめえっ、天神屋の大旦那だな！」

「……知っているなら早い。ならばわかるだろう。負け知らずと言っていたが、今、お前が僕に負けてしまうということが」

大旦那様は妖しく微笑むと、音もなくトンと私の傍に立ち、頭領の手首を掴んでキツく締め付けた。

「ぐ……ぐああっ！」

鬼火が手首から頭領の体を這った。頭領が熱に悲鳴を上げ、私は解放されそのまま大旦那様にふわりと抱き上げられた。

「大丈夫かい、葵」

「え、ええ……」

一度私に優しく微笑みかけた後、スッと冷徹な表情に戻り、大旦那様は目前の山賊を睨む。血の気の引くような深紅の瞳に、誰もがこのひとを恐れている。

本来、そうであるべきひとなのだ。

だけど……なぜだろう。私はこの時、それを特別怖いとは思わなかった。

「こ、この野郎っ！」

「お頭に何しやがる！」

手下どもが刀を手に、一斉に立ち上がった。

いよいよ乱闘の始まりかと思われたが……

「……あれ？」

彼らはどこかふらついている。そう、山りんごが効いてきたのだ。

そのタイミングを見計らったかのように……ストンと、前触れもなく私たちの周りに降り立った、無数の黒い影。

「大旦那様、ただいま見参でござる」

緑の柔らかい髪が波打ち、舞った。

大柄な山賊たちの隙間を流れるように駆け、隙のない動きで相手を翻弄する。

天神屋のお庭番――カマイタチの忍たちだ。

「ふう。制圧完了でござる」

口元の長いマフラーを下げ、そう判断したのはお庭番エース・サスケ君。

山賊たちは皆、ほとんど抵抗すらできず一瞬で制され、目を回してその場に伏せている。

「お見事だ。やはりうちのお庭番は強い」

「え、何でサスケくんたちが？　え、なんで……ていうか大旦那様そろそろ下ろして」

「あ、うん」

大旦那様は抱き上げていた私を素直に下ろした。

「天神屋にはあらかじめ連絡していた。あまり大事にすると北の地との問題に発展するから、秘密裏にお庭番だけ送ってもらったんだ。里の者たちを人質に取られても困るし、葵の作った料理の効き目が出るタイミングを見て、一斉に制圧できる時を待っていた」

「そっか。でもよかった、誰にも怪我が無くて」

私がかばった子供も、少し離れたところでこっちを心配そうに見ていた。

なのでニコリと笑いかける。きっと、すごく怖い思いをしたでしょうからね。

「さーて、一件落着だ。眠った山賊たちには、おとなしくお縄にかかってもらうとしよう」

そこからは、お庭番や鬼門の地の捕り方の出番であった。

果樹園のデートから一転、山賊討伐に貢献した謎の一日ではあったが、やっと一息つける。本当に、慌ただしい一日だった。

「神子様、神子様！」

帰り際、私がかばったあの子供がテテテと駆け寄ってきて、私に小瓶をくれた。

「これ、神子様に」

「ん？　なあにこれ」

「百目紅葉の蜜だ……その、欲しいって言ってるのを、聞いたから」

「うそ！　あの蜜？　わああ嬉しいっ！」

私があまりに喜ぶので、その子もとても嬉しそうにして、口元に弧を描く。

「神子様は、この里と俺を、助けてくれた。本当に神子様だったぞ！」

「……葵、よ。私の名前は葵。でもまあ、一日神子様も悪くはないわね」

私はその子の目線に合わせ屈んだ。

お面で目元は見えないが、その小さな穴から覗く幼気なきらめきに、優しく語りかける。

「まだ焼いてないピザが厨房にあるから、大人に頼んで、石窯で焼いてみんなで食べてね。くれぐれも百目紅葉の枝を焚かないようにね」

「……うんっ！」

この里の皆に、ピザを美味しく食べてもらえたらいいなと思う。

なんだかいつもとは違うお料理をする羽目になったが、人助けや世直しに役立ったのならそれもまたよし。

「…………」

カク猿の長老や、その他の大人たちもまた、ぺこりと頭を下げて私たちを見送る。

最後まで捉えどころのない、不思議な雰囲気のある民族だったが、この隠れ里にまた来ることがあったら、今度はちゃんと語りたいな。

神子様などという偶像ではなく、ただの夕がおの葵として。

「さあ、天神屋へ帰ろう、葵」

「ええ、そうね」

迎えに来た天神屋の船に乗り、真夜中のよく晴れた空を突っ切って進む。

「あ……」

宙船の甲板から、はるか遠くに見える、無数の鬼火に照らされた銀天街一帯。

その中でも、高さのある天神屋は浮かび上がってよく見える。まさに、摩天楼。

綺麗な夜景を、静かに見つめた。

なんだか、折尾屋から天神屋へ戻った時のことを思い出す。

天神屋に戻れることが、あれほど嬉しいと思ったことはなかったな……

「どうした葵、中に入らないのかい。秋の夜は冷えるだろう」

「……ねえ大旦那様」

「ん？」

このタイミングで、私は大旦那様に、あることを尋ねようとした。

ずっとずっと、聞きたいのに、聞けないでいること。

「大旦那様は……その……」

幼い頃に助けてもらった、あのあやかしの話。

私は大旦那様に向き直り、思い切って尋ねた。

「大旦那様は、銀次さんから、その、聞いたでしょう？　私の小さな頃の話。銀次さんが……私にごはんを持ってきてくれた、恩のあるあやかしだったって」

「ああ、その話なら……僕はずっと前から、知っているよ」

大旦那様はわずかに瞳を揺らしたように見えたが、あっさりとそう答える。

「ねえ、大旦那様。大旦那様は、もしかして……この件に、何か関わってる？」

「…………」

沈黙が続いた。私はちらりと、大旦那様の顔を見上げる。

大旦那様は心の読めない涼しい顔をして、遠く鬼火に照らされた天神屋を見ていたが、少しして「どうだろうな」と。

やはり、曖昧(あいまい)な返事をするのだ。

「それを知って、葵は……どうするんだい？」

「どうするって、そりゃあ、私は」

「葵は義理堅い。すぐにあやかしと関わり、誰かの重荷を一緒に背負おうとする。だが……僕はね、葵に、背負って欲しくないことだってあるんだ」

「それって……」

どういうこと？

大旦那様は、何の話をしているの？

「葵はそれを知りたいのだろうが、僕はそれを、葵に知って欲しくないということだよ」

「…………」

大旦那様のその言葉が、思いの外ちくりと胸に刺さる。そんな自分に、また驚く。

今までなんとも思わなかった秋の夜の寒さが、全身をじわりと襲う。

「私、は……ただ、知りたいのよ、大旦那様のこと」

そして、そんな言葉が口をついて出てきた。

「少しずつ……だって、大旦那様のこと、怖くないもの、私」

「…………葵？」

怖くない。

心から思っているのだ。あなたのことがもっと知りたい、と。

最初の頃のように、大旦那様を怖いとは思わない。

周りが大旦那様を恐れていても、私は全く恐ろしくないのだ。

その変化を、なんと言えば良いのだろうと考えていた。

私は多分、大旦那様を信頼している。

それは表向きの信頼ではなく、知らないうちに積み上げられていたもの。

大旦那様は、いつも私を助けてくれる。陰ながら必要なタイミングで、さりげないアドバイスや優しさをくれる。

だけど、どこかでやはり、一線を引いた謎があるのだ。

天神屋の誰より、私は大旦那様のことが分からない。

「そんな顔を、しないでくれ、葵」

大旦那様は、震える私を、その大きな体で包む。

どこか躊躇いながら、柔らかく抱きしめるのだ。

私はびっくりしたせいで体を一瞬強張らせたが、大きく息を吸い、長く吐いた時には、もう体の力を抜いていた。

そのせいでなぜか涙が溢れそうになったけれど、この温かさがひどく心地よいとも思う。

「正直、驚いた。……僕はずっと、葵には怖がられているのだと、それ以外の感情は特にないのだろうと思っていた。だから、知りたいと思ってくれているのは、心底嬉しい」

「…………」

「変わっていくものは……あるんだね」

変わっていくもの。それは、大旦那様にもあるの？

全くわからないのよ。あなたが私のことを、本当のところで、どう思っているのか。

「今なら嬉しさで、この船から飛び降りても多分生きている！」

「……ちょっと！　そういうとこよ、なんでそこでとぼけるの！」

感傷も、このムードも台無しだ。

私は大旦那様の胸を押し、顔を上げてギロッと大旦那様を睨む。

そうやっていつも大事なところでとぼけて。

私を傷つけないよう、いったい何を隠そうとしているの。

「まあまあ葵。そんな怖い顔をするな」

「さっきまで泣きそうだったのよ。怖い顔にさせたのは大旦那様でしょ」

「……すまないな、葵」

困った顔をして笑う大旦那様を見て、ああ、そうかと諦めた。

大旦那様は、やっぱり私に、そのことを言うつもりはないのか。

なぜ？　わからない。

このひとが幼い頃の私に関わっていることは、銀次さんの話や会話の流れから確かだと思うが、それ以上を語ることはないと、はっきり言われてしまったのだ。

残念だ。でも……無理に聞こうとも思わない。

知りたいと思うのは、私のわがままなのかもしれないから。

「でもね、大旦那様」

「ん？」

「今日のことは、ありがとう。山賊から助けてくれたでしょう？　あんな大男に掴みあげられて、実は少し怖かったの」

「そりゃあ、葵があんな野郎に捕らわれるなんて、考えたくもないからね。しかし無茶ばかりする。裏から飛び出して子供をかばったことは葵らしいが、やはり怖い。あやかしと違って、人間はとても弱い体をしているのだから」

「大旦那様って過保護よね。私のこと、嫁っていうより絶対孫娘かなんかだと思ってるわよね。でも……今日はちょっとかっこよかったわよ」

「ほ、本当か!?」

歓喜に頬染める大旦那様の顔ときたら。

普段は大人びているのに、こういうギャップが憎らしい。

「それに、デートも楽しかったわ。スリル満点だったけど、お料理も存分にできたし、いいものも手に入れたしね」

相手を分かりたいと思うのなら、まずは私の気持ちを、知ってもらおう。
私はもう、悲しい顔も怖い顔もしないで、素直に笑った。
「…………」
大旦那様は少し驚いた顔をして、しばらく何も答えなかった。
ふと私の頬に触れ、しかしすぐにスルリとはなし、眉根を寄せ、小さく微笑む。
「葵……お前は凄いな。そこで笑ってくれるのか」
私はまだ、大旦那様について知らないことばかり。
好物を知らない。
名前を知らない。
このひとの過去や生い立ちを、ひとつも知らない。
この人が隠した、幼かったあの頃の私との関わりを、知らない。
決して教えてくれない。
どうしたら、もうちょっとだけでも近づけるのかな。

幕間【一】　好敵手ふたたび

私、天神屋の若旦那を任されている〝銀次〟が、十月末に催される秋祭りに、何か特別な事ができないかと考えあぐねていた時だ。

大旦那様の急な呼び出しで、その執務の間へと急いだ。

「えっ、乱丸が天神屋に来るのですか？」

「ああ。葵が折尾屋で成した事に対する、報酬を支払いに来るのだ。白夜がふっかけた額をそのまま呑むとは思わなかったがな。葵が聞いたらきっと仰天する。そんな額だ」

「ふふ。今でも葵さんは、折尾屋の儀式でご自身がやったことの大きさを、あまり理解されていないようですからね」

大旦那様いわく、葵さんの成果報酬は、休日が続いた天神屋の損額と赤字、そしてちょっとした葵さんへのボーナスを差し引いてもかなり余るとか。残りは当然、借金返済に当てられるらしい。

「うわ本当だ」

渡された明細を見て、私も思わず素で反応。

　白夜さん、いったいどんな交渉をしてこんな額を……

　いやしかし、私も折尾屋で儀式に携わったことが何度もあるから分かるのだが、葵さんのやってくれたこと、残したものの功績はとても大きい。

　これは妥当な報酬だと思えたので、きっと乱丸もそうだったのだろう。

「ところで大旦那様。先日の、葵さんとのデートはいかがでしたか？　と言っても、それどころではなかったかもしれませんが」

「そうだなあ。葵が山のカク猿たちに祀（まつ）られたり、山賊退治に加担したり……。果実に囲まれたほのぼのデートの予定が災難続きだったが、おかげで得られた情報もある。それに葵は料理ができて楽しそうだったぞ。なかなか手に入らない山の食材も得られ、喜んでいた。葵の料理バカは一生治らないだろうな」

「あ、あはは。葵さんらしいですね。なにはともあれ、ご無事で安心しました」

　大旦那様は「そうだな」と、目尻（めじり）を下げて笑う。

　こんなふうに、少年っぽく笑うひとだっただろうか。

　私はふと、そんなことを思った。

「ほら銀次、いよいよお前の兄が来るぞ。せっかくだから会合にはお前も同席しろ」

「え、いいんですか？」

「僕と白夜では堅苦しすぎる。銀次がいないと、しーん、となってしまうだろう」

「そ、そうでしょうか……いやそうですね」

天神屋と折尾屋、力を合わせて一つの困難を乗り切ったとはいえ、まだまだ緊張感のある関係だ。だからこそ商売にも張り合いがでるし、何事も競い合って発展しているものなのだが、確かに会合の絵面を想像するに、重鎮ばかりでは語り辛いこともあるだろう。

……いやしかし、私の心配は必要なかったかもしれない。

「わっははーっ！　ひっさびさだなあ天神屋！　って言っても夏以来か？　今日は土産物をたんと持ってきたぞー。ところでお嬢ちゃんはどこだ？　何か食いたいなー」

「葉鳥、やかましいぞ。てめえは黙ってろ」

「んだよ乱丸ー。お前が俺を連れてきたんだろ」

折尾屋の乱丸は、よりにもよって葉鳥さんをお供にやってきたみたいだ。

これは予想外だったが、確かに彼の、あえて空気を読まないスキルは凄いものがあるから、今回の会合では適役かもしれない。

……もしや乱丸も、大旦那様と同じように、しーんとなるのが嫌だったのだろうか？

「はるばるご苦労だったな、折尾屋の旦那頭殿。歓迎するよ」

「はっ。心にもないことを言いやがって、天神屋の大旦那。しかし俺も早々に借りを返したいからな。てめえらとの間に、面倒ごとはごめんだ。……おい葉鳥」

「へいへい」

葉鳥さんは風呂敷をこちらに差し出した。

いかにも怪しげな包みだが、これを我が天神屋のお帳場長白夜さんが粛粛と受け取り、中身を目ざとく確認した。

「……うむ、よろしい」

そして立派な領収書に、お帳場長と大旦那様以外が触れることを許されない、大事な天神屋の金印を押す。

「後ほど葵君に報告書を書かねばならないな。あとボーナスを包んでやらなければ」

白夜さんはなんだか少し機嫌が良さそうだ。大きな稼ぎがあったので当然だが、扇子を開いて、悠々と仰いでいる。

「葵さん、初ボーナスですねえ。きっと喜びますよ」

ボーナスが出ることを知ったら、葵さんはどんなにびっくりするだろう。

彼女の驚く顔を想像して、私は思わずクスッと笑ってしまった。

「若旦那殿、君から手渡してやるといいだろう。あの娘のことだから、結局食材に使い込んでしまいそうだが」

「言えてるな」

大旦那様の、それはもうどうしようもないよと言いたげな苦笑が、乱丸や葉鳥さんには珍しく映ったのだろうか。二人は横目で見合っていた。

「それで、天神屋の大旦那。黄金童子様は、あののち天神屋に来られたか」

乱丸は会話の区切りを見計らい、話を切り替えた。大旦那様はすぐに首を振る。

「いや……僕も彼女には返してもらいたいものがあるから、連絡を取れればと思っているが。あの方の行方を捉えることなど、そう簡単にできるものではないからな」

「返してもらいたいもの？」

ずずっと天神屋のお茶を飲んでいた葉鳥さんが、「なんだそれ」と。

「天狗の団扇だ。今は葵の所有物であるあれを、黄金童子様に持って行かれたとか」

「あ、ああ〜そっかそっか」

葉鳥さんは今の今までそのことを忘れていたみたいで、視線だけで乱丸に問う。おいどうすんだよ、と言っている目だ。

乱丸は少しの沈黙の後、口を開く。

「黄金童子様は、北西の地に赴くと言っておられた」

「北西の地？」

大旦那様と白夜さんの顔色が変わる。

北西の地。またの名を〝文門の地〟と呼ばれる。

数多くの学者や医者を有する学問の都だ。また数多くの文官が排出され、彼らが都の政を担うことも多いので、八葉の中でも中央と近い、政治的に力のある土地と言える。

「それはまた、嫌にわかりやすい土地だな」

　さりげなく白夜さんは嫌みを言う。

「ああ。妖都の宮中で権力を振るう、右大臣家康公のお膝元だ。黄金童子様は北の地に関することで何か要請に行くようだが、やすやすとあの狸どもが動くとは思えない。手こずっておられるのだろう」

　大旦那様は顎に手を添え、長い息を吐く。

「北の地に関すること、か。……僕も二日前、北の地の話をある山の民から聞いた。北の地は長い間、氷人族の大賢老が治めていた土地だが、あの方が病に伏せてからというもの後継がいっこうに立たない。そのせいで賊が勢いをつけているみたいだな」

「あのじいさん、もう死んでんじゃねーの？」

　ここで葉鳥さんが空気の読めない一言を発したせいで、乱丸にひどく睨まれる。

　葉鳥さんは口笛を吹いて誤魔化しているが。

「おそらく黄金童子様は、乱れつつある北の事情を解決するため、北西に行かれたのだと思う。八葉に穴を開けたくないというのもあるだろう。それは宮中の貴族どもの権力を増す機会となる。現在は八葉制のおかげで、八つの地方の主権は各八葉が持っているが、八葉の制度を廃止し、全ての主権を中央が持つべきと考えている者は多いからな」

　乱丸は語り終わった後、なにを思ったのかフッと苦笑し、前髪を掻き上げる。

「天神屋の大旦那、お前とこんなことを語り合うことになるとは、夢にも思わなかったぜ」

「いかにも。お前は随分と角がとれて丸くなったな、乱丸」

「……チッ。ほっとけ」

「ぎゃはははは」

葉鳥さんが大笑いしている。

そのせいで大旦那様も、硬い雰囲気から一転、コロッとお茶目な笑顔を作ったので、白夜さんがゴホンと咳払いをして大旦那様を静かに睨む。

威厳のある態度を崩されますな、という無言の訴えが読み取れる……

あの大旦那様も多少冷や汗気味。

「なあなあ、かったるい話は終わったか？　ならもっと楽しい話をしようぜ。折尾屋からは嬉しい報告があるんだ。実はな実はな、うちの若旦那と若女将が、なんと婚約したんだ」

「ええっ、秀吉さんとねねさんが、ですか？」

今まで割とおとなしくしていた私だが、葉鳥さんがいきなり暴露した古巣のおめでたい話に、思わず身を乗り出して反応してしまう。

秀吉さんは化け猿のあやかしで、折尾屋では若旦那の地位にある。ねねさんは火鼠というあやかしで、折尾屋の若女将だ。

夏に共に働いた時は、そのような雰囲気では無い気がしたが……

特にねねさんは乱丸に心酔しているように見えたのだが、あれは恋心とは別物だったということだろうか。

「て、展開早くないですか？」

私は、あれから二月ほどしか経っていないこの時期に婚約まで進んでいる事実に、ただただ目が点。

「秀吉は奥手なてめーとは違うんだよ」

「な……っ。飼っている犬に夢中の乱丸に言われたくないですけどね」

乱丸がニヤニヤしながら、意味深なことを言って私をからかうので、思わず言い返した。

「とはいえ、積極的だったのはねねちゃんの方だったって聞いたぞー」

「ええっ」

いったい二人に、何が……っ！

「あれ絶対、儀式の後の休暇で、二人で故郷に帰った時になんかあったな、うん」

「まあ、元々同郷の馴染み同士だ。お互いのことは幼い頃より知り尽くしているし、儀式を乗り越え、惹かれ合うこともあったんだろう。しかしこれは折尾屋にとっても良いことだ。信頼の置ける幹部同士の結びつきが強くなれば、より磐石となる」

乱丸や葉鳥さんは、信頼する二人の幹部の婚約を歓迎しているみたいだ。

特に乱丸は、顔には出さないがなんとなく言葉の感じや雰囲気から喜んでいるのが分かる。私には分かる。

「がはは｜。ま、もうちょっと遊んどけよって俺は秀吉に言ったんだけどな。でもあいつああ見えて相当一途で真面目だからな｜。田舎育ちだし、結婚前提のお付き合いしか知らね｜やつなんだよ。ねねちゃんも何だかんだ、そういう秀吉が良かったんだろうな。お似合いと言えばお似合いかも」

「遊んでばかりのお前とは正反対だな、葉鳥」

「ああもう、絶対つっこまれると思ってた。ほっとけ｜大旦那」

葉鳥さんは自滅した。しかし大旦那様はニコニコして、やがてしみじみ語る。

「ああ、分かるぞ。今まで頑張ってくれた従業員が幸せを掴むのは喜ばしい。しかし天神屋の幹部は、菊乃以降誰も結婚しないな……しそうな奴もいないな」

「…………」

菊乃さんとは天神屋の元若女将であり、お涼さんを挟んで現若女将でもあるひとだ。

確かに彼女以降、天神屋におめでたい話は無い。気配もほとんど無い……

なんか、誰も何も言えず、し｜んとした。

「誰もって、てめえがさっさとあの史郎の孫娘を嫁にすりゃいいんじゃね｜か？」

「…………え？」

この静寂を打ち破る乱丸のつっこみは尤もで、大旦那様は笑顔のまま固まる。

「それができたら僕だって苦労はしないぞ？　でもそれがなかなかできないから、困っているんだ」

　ここにいる誰もが「ああ……」とある意味納得してしまっているのが、なんとも。

　皆、今ばかりは葵さんのことを考えている。

　彼女の性分や大旦那様の苦労は十分理解できるみたいだ。

「っはははは。大旦那、てめえが小娘一人に手を焼いてるのは愉快な話だな。面白え」

「そりゃ史郎の孫娘だもんなー。あのお嬢ちゃんは、転んでもただじゃ起きねーぜ。まだまだ隠世を賑わせてくれるだろうよ」

　乱丸と葉鳥さんは膝を叩いて大笑いしていた。

　その後、しばらくまた世間話と、隠世の情報交換をした後、折尾屋は契約的な金銭以外に様々なお土産をここに置いて帰って行った。

　それは、折尾屋自慢の、南の地の名産品ばかり。

　魚介はもちろんのこと、脂が少なく女性に人気の極赤牛、隠世では南の地しか生産できないマンゴーや、それに関連したお菓子。また最近生産に力を入れているという現世から伝わったアボカドなど。

葵さんにとのことで、彼女はとても喜ぶだろうと思ったが、大旦那様と白夜さんは少しだけ悔しそうにしている。

「折尾屋は、最近話題になっている人気の土産物が多そうで羨ましいな」

「天神屋も、早々に新名物や土産物を生み出さなければな。昔からあるものに頼ってばかりでは先細りだぞ。折尾屋には勢いがある。関係は改善されつつあるとはいえ、好敵手であることに変わりはないのだからな」

白夜さんが「ところで」と私の方を向く。

「若旦那殿、秋祭りに合わせた催しを散々悩んでいると聞いたが、何か良い案は浮かんだのか？」

「それなんですが、例年通りのことをしても面白くないと思いまして。今年、この鬼門の地で豊作のお米やさつまいも、かぼちゃを使いたいのですがね」

「か、かぼちゃ……」

大旦那様が珍しく苦々しい顔をする。

「そういえば……大旦那様は南瓜の食感が苦手であったか」

「甘いのも、おかずと思えないんでしたっけ？」

宴会なんかの席で大旦那様の隣になることの多い白夜さんや私は、そのことをよく知っている。

苦手なものなど何もない、完璧な鬼と思われがちな大旦那様だが、かぼちゃの煮物があるとさりげなく白夜さんの器に入れているのを見たことがある。

「……………かぼちゃ、か」

「どうした銀次、悪い狐の顔をしているぞ？」

「いえ、大旦那様。少しひらめいたことがありまして」

「おお、それは良かった！」

「ほお……企画の天才と言われた若旦那殿のことだ。それはさぞ面白い企画だろう」

大旦那様と白夜さんは、それでいったいどんな企画だと、私に詰め寄る。

「それはですね……」

流れのまま円陣を組んで、こそこそと企みを語るのだ。

幹部が三人で囲いを作って小声で語り合ったり、ふふふと笑ったりしていたので……

後からこの光景を見ていた下足番長の千秋さんに「なんか怖かったっす」と言われてしまった。

「こ、これは……南の地の養殖ブリ……極赤牛の塊……他にも南の地の特産物いっぱい。あ、欲しかったココナッツオイルも！」

夕がおに運び込まれた豪華な食材に、私は度肝を抜かれる。

干物や缶詰類などもある。ツナ缶なんかは隠世でも高級だが、とてもありがたい。

銀次さんと厨房のだるまの衆が、箱に詰められた沢山の食材を夕がおに運んでくれたのだが、こちとら訳が分からない。

「まあ、犬の恩返しと言いますか。乱丸が先ほど天神屋に来たのです」

「え、折尾屋の乱丸が？」

「ついでに葉鳥さんもいらっしゃいましたよ」

銀次さんはどこか機嫌が良い。九つの尾がさっきからふさふさ左右に揺れている。

「お帳場長の白夜さんから、葵さんの成果報酬や天神屋との共同営業など諸々の請求があったのは当然のこと、あちらからも他にお礼がしたいとかで、土産物も多く置いていかれて。大旦那様とも、様々な情報交換をされていました」

「……乱丸ってそんな友好的な奴だったっけ？　天神屋のこと、嫌ってたじゃない」

「ふふ。まあ、肩の力が抜けたってところじゃないですかね」

そうはいっても、乱丸の偉そうな物言いや立ち振る舞いからは、想像しがたい状況だ。折尾屋は天神屋をライバル視していたし、丁寧に土産物を持ってきて寄越す姿はイメージできない。それがビジネスというものなのか、なんなのか……

「ああ見えて義理堅いのです、乱丸は。葵さんには、特にお礼を言っておいて欲しいとのことでした」

それで、南の地のこの食材か。特に養殖ブリまるごと一匹なんて、滅多に手に入らないので思わずニヤけてしまう。

「それにしても、来ていたのなら挨拶くらいしたかったな」

「葵さんは営業前でしたし、乱丸も忙しそうでしたから、さっさと戻ってしまいました。私も、少しゆっくりしていけば良いのにとも思いましたが……仕方がないですね。乱丸は南の地の八葉ですから」

「ふふ。それなら次は、銀次さんが折尾屋に行けばいいわ。もう、お互いの行き来を阻むものは無いでしょう？」

「……葵さん」

以前まで、銀次さんと乱丸は長い兄弟喧嘩の果てに、折尾屋、天神屋というライバル宿の関係も相まって、長らく交流を絶っていた。

しかしあの儀式の後、二人の関係は大きく変わった気がする。

「そう、ですね。私もそのうち、休みでも取って会いに行きますか」

「ええ、それがいいわ。あー、みんな元気かなー。葉鳥さんや時彦さん、秀吉やねね、可愛い双子の板前たち……あとノブナガ」

「皆さんお元気みたいですよ。双子の戒さんと明さんは、あれから折尾屋の板前としての自覚を深め、いっそう励んでおられるみたいですし、葉鳥さんは相変わらずあの調子ですが、時折朱門山に帰ることがあるとか。松葉様とは喧嘩ばかりと言ってましたが、なんだかんだ仲良くやってそうでした」

銀次さんは乱丸に聞いたのか、折尾屋の幹部たちの話をしてくれた。

そっか、みんなそれぞれ、前向きに頑張っているのね……

「あと、秀吉さんとねねさんは、どうやらご婚約されるみたいですよ」

「えええっ！　何その急展開!?」

ちょっと待って。秀吉がねねを思っていたのは知っていたが、ねねは乱丸が好きだったんじゃないの？　秀吉はそう言ってたけど？

私の驚愕した顔がそんなに面白かったのか、銀次さんは顔を背けてクスクス笑う。

「やっぱり驚きますよね。いや凄いですよ、特に秀吉さんのあの実直さと男らしさは。私にはとても……」

銀次さんはまた小さく笑った。古巣である折尾屋の面々の変化を喜んでいるのか、何なのか。

それにしても、あの秀吉とねねが婚約とは、改めてびっくり。

まずは秀吉、おめでとう。長い片思いになりそうだと思ったけど、思いの外早く、その恋が実ったのね。陰ながら応援していた私は嬉しいわ。

いったいあの後、何がどうなってくっつく事になったのか、それは非常に興味がある話だけど、今度ねねに会ったらじっくり聞き出さなくちゃ。

「信頼の置ける若旦那と若女将が婚約となれば、折尾屋はしばらく安泰だと、乱丸も喜んでいました。ここが固まると、確かに組織として強いですよ。乱丸だけが柱ではなくなりますから」

「天神屋もそこそこ磐石じゃない？」

「うーん、とはいえ〝若女将〟は移ろいやすいので。今は一時的に菊乃さんが若女将をしていますが、彼女は本来、一度若女将を引退した方です。それに家庭の事情もあって、もうすぐ若女将の座を降りる事になっています」

「え、そうなの⁉」

銀次さんは「ええ」と、憂いを込めて頷いた。

「そうなってしまえば、また新しい若女将を立てねばなりませんが、天神屋にその逸材がいるかといえば、少し難しいところでして。やはり折尾屋の一件でも、元若女将でもあるお涼さんに返り咲いて欲しいのが我々幹部の本音です。彼女の力は飛び抜けている」

「私も……お涼がしっかり仕事をこなしている姿は驚きだったわ。ねねもなんだかんだ言ってお涼を尊敬していたしね」

「ええ。しかしまあ……お涼さんを元の座に戻すには、もう一つ大きなきっかけが必要でしょうね。今は仲居たちの支持が離れているし、そもそもお涼さんにその意思がなければ。私には、今の身軽な立場も気に入っているように見えるので」

「た、確かに」

銀次さんの言う通り、最近お涼はあまり若女将の座に執着が無いように見える。

少し前までは返り咲きたい素振りもあったが、最近はもっぱらあれ食べたいこれ食べたいばかりで、暇さえあれば夕がおに来てるし、婚活頑張ってるみたいだし。

しかし、彼女を若女将の座から降ろすきっかけになった私が言うのもなんだが、確かに天神屋にはお涼の力が必要のような気がしていた。

ちゃんとした立場のある、お涼の力が。

「それはそうと葵さん。今月末に秋祭りに合わせた催しを天神屋でやりたいと思っているのですが、かぼちゃを使った、秋のお料理やお菓子を夕がおで作ってもらうことは可能ですか？」

「かぼちゃ？　もちろん。ハロウィンみたいで楽しそうね」

「そうです！　現世のハロウィンは異国の祭りとあって、ここ隠世で再現は不可能だと思っていたのですが、ちょっとしたかぼちゃ祭りはできるかなと考えたのです」

「いや、天神屋はあやかしばっかりだから、ある意味ハロウィンできるわよ」

仮装いらずの和製ハロウィンが……

「でも、確かに今年のかぼちゃは美味しいし、かぼちゃ祭りっていいかもね。子供のお客さんにお菓子を配ってもいいかも」

「かぼちゃ提灯を飾ってもいいかもしれませんね。中に鬼火を入れて、天神屋の周りを浮遊させることもできそうです」

「わあ！　それ現世のハロウィンよりよっぽどらしいわよ」

なんて、秋祭りに合わせたかぼちゃイベントの妄想が膨らむ私たち。

「ちなみに葵さん。大旦那様はかぼちゃが苦手です」

「…………」

突然、大旦那様の話題が出てきて、私は少しだけ固まる。

数日前の、果樹園デートの帰り。宙船の上で抱きしめられたことを思い出して……

「どうかしましたか、葵さん。なんだか顔が赤いですよ？」

「ん？　いやいや、何でもないわ。大旦那様がかぼちゃ苦手って、前にどこかで聞いたことがあるかも」

「ええ。私も大旦那様がよく白夜さんの小鉢に、自分のかぼちゃの煮物を入れるのを見てしまうことがあります」

「……え、大旦那様すごくない？」

「ええ、はい。いつ白夜さんの堪忍袋の緒が切れるか分からないので、私としては大旦那様にかぼちゃを克服してもらいたいなと」

「そうね。好き嫌いは無いに限るし……このイベントで大旦那様も食べられるかぼちゃのお料理を作りたいなー」

いまだ大旦那様の好物を知らない私だが、苦手な食べ物は知った。

大旦那様に翻弄されてばかりいるのは悔しいから、今度は私がびっくりさせたいな。

「葵さまー、おまんじゅう蒸し終えましたよー」

アイちゃんが厨房からひょっこり顔を出す。

彼女は百目山での事件で確立した、自分なりの姿に今でも化けている。まだペンダントから出ていられる時間は短いが、新米従業員として頑張ろうとしているところだ。

「おまんじゅうを蒸していたんですか？　いい匂いがするなと思ってたんです」

「ええ。前に砂楽博士に頼まれた天神屋の新しいお土産を試作していたところなの。まだ改良途中なんだけど、完成したらまっさきに銀次さんに味見してもらうわ」

「わあ、それは楽しみですねえ。白夜さんも折尾屋の名産品を見て、天神屋も新しい土産や名物を作らなければと、かなり神経質になっていましたから」

「う……その期待に応えられるかは、自信が無いけれど」

自分が生み出した商品が全く売れず、天神屋に大きな打撃を与えたらどうしよう。

天神屋の格や評判を落とすことになったらどうしよう。

そういうことは、やっぱり考えてしまう。夕がおという小さなお店で挑戦することとは、少し違うプレッシャーを感じていた。

「大丈夫ですよ。土産物のヒットは、時代や流行、運が大きく左右するところもあります。私も、あの砂楽博士ですら何度も失敗してきた分野です。ただ、失敗を生かして挑戦することが大事なのかと」

「……銀次さん」

「私も、力になりますからね」

銀次さんの爽やかな笑顔は眩しく、今日もやっぱり頼もしい。

そんな彼のサポートがあって、私は今日も、夕がおの営業を頑張れるのである。

翌日のお昼頃。

明日は天神屋の休館日だ。なので今日は天神屋の営業がチェックアウトと同時に終わり、後片付けをしてしまったら、皆は仕事から解放される。

この日は夕がおの営業も無いので、夜に女の子たちを呼んで鍋でもしようと思い立った。

参加できそうなメンバーに声をかけて回ろうと、ちょうど中庭を歩いていた。

「あ、春日だ」

最初に見かけたのは春日だ。太鼓橋の向こう側の、イチョウの木の下にいる。

おーい春日、と呼びかけようとしたが、誰かと話をしているみたいだったのでやめた。

ほんのり黄色に色づいたイチョウの幹に背をつけ、何だか……いつも明るい春日にしては珍しい無表情でいる。

「あれは……」

隣にいるのは、下足番の千秋さんだ。春日と同じ化け狸。

彼とは普段から深く関わりがあるわけではないが、すれ違い際に挨拶くらいはする。

腰が低くて、若干チャラついた青年だと思っていたのだが、春日に何かを語るその表情はどこか硬く、その雰囲気も嫌に落ち着いていて、普段のへらへらした印象とは違う。

何だろう、あの二人。私の知っている二人ではないみたい。

「あ、葵ちゃん」

春日が、遠くから見ている私に気がついて、その狸耳をぴょんと動かし、こちらに駆けてきた。

「葵ちゃん、本館に行くの？」

「え、ええ……。珍しいツーショットね」

「そう？　千秋は親戚だよ。話くらいするよ」

「……そっか」

私が知らないだけで、二人は普段からあんな感じなのかな。

「ところで春日、今晩なんだけど、営業の後に夕がおに来てくれない？」

「夕がおに？　ごはん食べさせてくれるの？」

「ええ。実は女の子だけでお鍋の宴をしようと思うの。こたつも出したし、山りんごのお酒もあるわ。たまには女子会でもしましょうよ」

「女子会……」

春日は「それ最高に面白そう」と腹黒そうな狸の顔をした。

みんなから面白い話を聞き出せると思っているのだろうか。

「お涼と静奈ちゃんも呼ぼうと思っているの。今から行って会えるかな」

「あ、それなら私が言っておくよ。静奈ちゃんとは同室だし、お涼様とは今日の受け持ちの宴会場が一緒だしね」

「あ、なら頼める？　悪いわね」

「いいよ、使いっ走りは毎度のことだし」

にししと笑って、春日は身軽に駆けていく。

少し肌寒くなってきた秋晴れの下、そのもふもふの狸尻尾（しっぽ）を振りながら。

「…………」

振り返り、あのイチョウの木を見ても、もう下足番の千秋さんは居ない。

二人はどんな話をしていたのだろう。今日の女子会で、これもさりげなく聞いてみようかな。強力な山りんごのお酒の力を借りながら……

「葵殿」

「わっ、サスケ君！」

前触れもなく、隣にストンと落ちてきたお庭番のサスケ君。

サスケ君は長いマフラーを身に付け、昼間っから忍者スタイルだ。通常、昼間は作務衣（さむえ）姿でお庭のお掃除をしているのに。

「どうかしたの？　何かお仕事中？」

「見回りでござる。最近、何かと物騒なのでござる」

「明日は休館日だっていうのに、大変ね。お腹すいてない？」

「お腹は……」

ぐう。サスケ君はここぞと腹の虫を鳴らす。

「空いたかもでござる……」

「ふふ。お勤めが終わったら、休憩の時間に夕がおにおいで。折尾屋に海の幸をたくさん貰ったの。サスケ君には南の地でもお世話になったし、何か作るわ」

「本当でござるか!?」

いつもはクールな表情なのに、ご飯のことになると子供みたいにキラキラした目をして喜ぶサスケ君。自分でハッとして、ゴホンと大人びた咳払いをした後、マフラーで口元を隠しながら「では後ほど」と風に紛れて消えてしまった。

サスケ君は相変わらず、生真面目で可愛らしい。

「それにしても、物騒……か」

最近、その手の言葉を耳にする。物騒、きな臭い、雲行きが怪しい、など。

私は夕がおを営業するのに一生懸命で、その周辺で起こっていることなどあまり実感することが無い。

でも、私の知らないところで何かが動き出しているのではないかという、不安のような気がかりだけはあるのだった。

本日は男子禁制、闇の女子会。

それはここ夕がおの営業後に催された、天神屋の女子たちで開かれし鍋パーティーである。今日は夕がおではなく、奥の私の部屋に出したこたつが会場だ。

今宵の晩餐は、ブリしゃぶである。

折尾屋からの贈り物にあったブリを薄くさばいて、昆布だしでしゃぶしゃぶするのだ。

「南の地の贈り物にあった高級昆布を使った昆布だしよ。しゃきしゃき水菜と薄切り大根、白ネギとえのきたっぷりのお鍋で、思う存分ブリをしゃぶしゃぶなさい」

「はーい、いっただっきまーす」

仕事後だというのに、女子たちの目は爛々としていた。

というか仕事の後の空腹時だからかもしれない。

脂ののったブリの身は、熱々の昆布だしのお鍋にさっとくぐらせるだけで、すぐに火が通る。これを、一味がぴりりと効いたもみじおろしとポン酢でいただくのだ。

「ああっ、何これ贅沢。ブリしゃぶなんて久々だわ～」

「お涼様、野菜もちゃんと食べてよね。大根の薄切りも、しゃぶしゃぶできるから」

「わーかってるって」

ブリばかり食べているお涼のお椀に、春日はちゃっかり野菜も入れている。

彼女もまたよく煮えたえのきと、出汁を通したブリの身を、たっぷりのおろしと一緒に口にする。

「おいしーっ」

二人とも満足そうに目をすぼめた。

確かに、ブリは生と火を通したのとでは、まったく違う味のするお魚だ。

きゅっと引き締まった甘みの強いブリの身を、ピリッとしたおろしポン酢でいただくのは、お刺身や漬けで食べるのとはまるで違う、ヘルシーかつ上品な味を楽しむ事ができる。

いやあ、お鍋が美味しい季節になってまいりました。

「ところで静奈ちゃんはいつ頃これそう？」

「入浴時間はもう終わってるから、お風呂の後片付けを終わらせたら来ると思うよ。静奈ちゃんはこの中じゃ唯一の幹部だし、持ち場には最後まで居なくちゃならないからね」

「そっか。そうよね。静奈ちゃんは幹部だものね」

なんて言いつつ、お涼をチラリと。

元幹部であるお涼に、何か刺さるものはないかと思ったのだが。

当の本人は幹部がどうたらという部分はどうでも良いらしく、山りんごのお酒を炭酸で割ってがぶがぶ飲んでいる。何か嫌なことでもあった独り身のOLがごとく……

「てかさー、知ってる？　折尾屋のねね、あっちの若旦那と結婚したんでしょ〜？」

「いや、まだ婚約でしょ？　結婚は当分先のことみたいよ」

ねえ、と私と春日は顔を見合わせる。しかしお涼は聞いていない。

「はん。あの小娘、若いうちに結婚なんてすると苦労するわよ〜。あの秀吉とかいう若旦那、ちっこいくせにガミガミうるさそうだし」

「そう？　ああみえて結構気遣いさんよ、秀吉は。まあ確かにうるさいっちゃうるさいけど。でもねねのことずっと好きだったみたいだから、想いが届いてよかったなーって」

私は親戚のおばさんのような気分でしみじみ語る。

できればこのまま上手くいってほしい、小柄で可愛いカップルである。

「かーっ！　他の女が男に愛されてる話とかどうでもいいっつーの！　他人の幸せに興味無いっつーの！」

ガツン、とこたつに飲み干したグラスを叩きつけるお涼。

「あーあ、始まっちゃったよお涼様の嫉妬じみた愚痴……」

いつも聞かされているのか、春日がやれやれのポーズ。

「失礼します〜」

「あ、静奈ちゃんだ」

ここで清涼剤、静奈ちゃん参戦。

静奈ちゃんは湯守という肩書きを持つ女風呂の長で、天神屋の幹部の一人だ。

「静奈！　遅いわよ！　戦いはもう始まってるんだから！」

「はっ、はい〜すみませんっ！　……え、戦い⁇」

それなのに、ただの仲居であるお涼の睨みにビクついて、腰を低くして謝るのだ。

しかもお涼の言葉の意味はよくわかっていない様子。

静奈ちゃんはお土産に、美味しそうなあられ菓子の箱詰めを持ってきてくれた。これは食後の良いおつまみになりそうだ。

「静奈ちゃん、こっち座って。ねえブリしゃぶ好き？　山りんごのお酒好き？」

ここを訪れるのは珍しい静奈ちゃん。私はあれこれお世話したくなる。

「まあ、ブリしゃぶだなんて懐かしいですね」

「あ、そっか。静奈ちゃんは昔、折尾屋で働いてたんだものね。その頃はよく食べてたの？」

「はい、大好きでした。その、お師匠様が、よく作ってくださって……」

もじもじと言いながら、お行儀よく食べ始める静奈ちゃん。

そんな静奈ちゃんを、小姑みたいな目でじーっと見ているお涼。

「そういや静奈……あんたも折尾屋に、いい感じの奴がいたわね」

「はい？　いい感じの奴？」

「ほら、わざわざ天神屋に追いかけてきた。なんだっけー、時彦とかいう枯れた感じの男。あんたああいう渋いのが趣味だったのねえ。大人しいふりしてやるじゃない。あんたに男の影があるなんて思いもしなかったわー、ヒック」

「あ、それは……その……お、お師匠様は、そんな……っ」

あわあわと、顔を真っ赤にしていく静奈ちゃん。

いきなりそんな話をされて、すっかり戸惑っている。

「ちょっとお涼！　静奈ちゃんは食べ始めたばかりなのよ、そんなド直球な聞き方しちゃ、せっかくのブリしゃぶが喉を通らないでしょ」

「うるさいわねー葵。花より団子な、料理バカは黙ってなさい」

「な、なにをーっ」

いったい誰の為にこの鍋パーティーを催したと思っているのか。

お涼ったらお酒が入って、いつも以上に失礼で厄介な感じに出来上がっている。

「はあ～。葵は料理バカでも、結局いつかは大旦那様の嫁になるんでしょ？　超玉の輿が決まっているあんたに、私の侘しさは分からないでしょうねえ」

「なに言ってるのよ。私は許嫁回避の為に頑張ってるのに」

「でも葵ちゃん、大旦那様とお出かけして、一晩を過ごしたんでしょ？」

「ちょっと春日、変な言い方しないで。私たちは山のカク猿に捕らわれてただけよ」

「あ、でも……大旦那様とピンチを切り抜けたのでしょうし、心境に変化など無かったのですか？　進展とか」

「……え？」

静奈ちゃんにまでそんなことを聞かれてしまった。

じ……と、三人の女たちの視線がこちらに向いている。

なんて目をしてるのこの子たち。まるで獲物を狙うハイエナみたいな。

「あ、あるわけないでしょ！　そりゃ、大旦那様……一生懸命私を助けてくれたけど」

進展って、いったい何がどうしたら進展なんだろう……

この手の話の経験値が低くて、そこの基準もよくわからない。

結局何が何だか分からなくなって、抱きしめられた時の温かさをふいに思い出し、最終的に顔を赤くしたまま、ガチガチに歯を食いしばって黙った。

自分でもよくわからない、この感じ……何だろう？

「こりゃ何かあったね……」

「え、ええ。あの葵さんが顔を赤くしているなんて、珍しい」

春日と静奈ちゃんが、ここぞと冷静になってひそひそ話しているのが聞こえる。

「はーい、のろけは結構でーす、ったくどいつもこいつもー」

「あんたが聞いたんでしょあんたが！」

お涼はもうこの話題に飽きたのか、こたつで寝転び、腹立つ顔でぐでっとしている。

こいつ一発殴ったろか……っ。

「お涼様、そんなおっさんみたいな態度だから、婚期を逃すんだよ」

「春日～？　あんたみたいな恋もしたことがないお子ちゃまには分からないでしょうけど、運命の出会いなんてそうそう無いのよ。私みたいないい女はねえ、もうちょっとじっくり選ばなきゃならないんだから。失敗してる余裕も無いしー」

「はいはい。ていうか私にだって、初恋くらいあるし……」

「どうせ子供の頃の話でしょう。そんな乳臭い話はいいわよ。ほら春日お酒入れて～」

「はーいはい……全く」

いい女がゴロ寝か。そして後輩に酒を注がせて、また豪快に飲む、と。

「でも春日、そういえばあんた昼間に、下足番の千秋さんと一緒に居たわよね。いったい何の話をしていたの？」

「……え」

ふと思い出し、私はなんとなく尋ねた。春日は少し顔色を変える。

「えええっ⁉　うそ、何それ、春日があの千秋と⁉」

この話題に、いきなり飛び起きたお涼。

こたつの中で膝をけられたのか、静奈ちゃんが「あいたっ」と小さな悲鳴をあげる。

「ど、どうしたのお涼」

「千秋ってちゃらくてヘタレっぽく見えるけど、狙ってる仲居は多いのよ。顔だけはいいし、一応下足番の長で幹部だしね。結婚したら尻に敷けそうって。何でもしてくれそうって。春日、あんたもそのくち？」

「……なに言ってんのお涼様。千秋は私の叔父さんだよ。要するに、私のお父さんの弟」

「へ、そうなの？」

皆きょとんとしてしまう。ここにいた誰もが、その事実を知らなかったみたいだ。

春日は「あ」と。言っちゃった、みたいな顔をしている。

「お酒のせいかな……しゃべりすぎちゃった」

こめかみをぽりぽり掻く春日。ついでに静奈ちゃんが何かを思い出したみたいだ。

「そういえば……春日は長い連休の度に実家に戻っていましたけれど、その時はいつも千秋さんが居なかった気がしますね」

「もしかして一緒に帰ってたの？」

なんて様々な疑惑が浮上してきたところで、春日がわーわーと喚く。

「もうっ！　私の話なんてどうでもいいんだよ！　それより、お鍋！　ほら、水菜もネギも、お豆腐も煮え切ってるよ。せっかくの昆布のお出汁に野菜やブリのうまみが溶け込んで、かなりいい感じなんだから。葵ちゃんこれ何で締めるの？」

春日は手際よく、鍋の中の具をそれぞれのお椀に取り分け、私に締めの決断を迫る。

彼女こそ真の鍋奉行……

「そ、そうねえ、やっぱりうどんじゃないかしら」

「おうどん！」

「それよ」

静奈ちゃんは両手を合わせて喜び、お涼は目を光らせスタンバイ。

さっそくうどん玉を持ってきて、美味しいあれこれが詰まったお出汁に投入。

あとは煮込んで、麺がうまみを吸うのを待つだけ。

「ところでー、あんたたち天神屋の独身男どもについてどう思う？」

「はい？」

「何か面白い話とか聞いてない？」

お涼は新たにお酒を注ぎながら、酔っ払った勢いで私たちに尋ねた。

こいつ、自分のことはさておき、天神屋の男性陣について噂話する気だぞ。

「例えば暁よ。あいつは最年少で幹部になったし、将来有望だけど、やっぱり若さゆえっていうかまだ余裕が足りてないと思うのよね。まあ必死なところが可愛いとも言うけれど、根に持つタイプだし、すぐキレるのは良くないわね～。きっと女はいないと思うのよ」

「番頭様がキレるのはお涼様の言動に問題があるんじゃないの？」

「おだまり春日」

「いででで」

お涼は春日のほっぺたを引っ張った。よく伸びる春日のほっぺ。

「暁さんはちょっと怖い顔をしてますけど、働きもので頑張り屋さんだと思いますよ。まあ……私は歳下に興味ありませんけれど」

「そうね静奈、あんたジジ専だもんねー」

「ええ、男は五百年生きてから、です～」

さりげなく暁に対し興味ない宣言をする静奈ちゃん。

ちょっぴりほろ酔いなのかな。山りんごのお酒をロックで飲んでいる……

「暁、かあ。出会った時は殺されそうな勢いで怒鳴られたし、奴には最悪な印象しか持ってなかったけど……今は良い奴だって思ってるわよ。なんだかんだと世話焼きじゃない、あいつ。妹思いだし」

夕がおにもマメに通ってくれるし、目つきは悪いけど心配性だし。

きっと妹の鈴蘭(すずらん)さんやおじいちゃんの面倒を見ていたからだと思う。

「ちなみに」

ここで春日が、マル秘と書かれた手帳を取り出した。な、なにそれ。なにそれ怖い。

「私の調べだと、番頭様に女の影は無いよ。ツンツンしてるし、生真面目すぎるのが仇(あだ)となっているね。仲居の女の子たちに遊びに誘われても全く行かないみたいだし」

「やっぱりねー」

「でもあいつ、一応女の子に遊びに誘われたりするんだ……」

意外と思うのはちょっと失礼かしらね。多分、暁は今頃くしゃみしてるわ。

「あ、うどんうどん」

さて、うどんが煮えた頃合いだ。それぞれのお椀にうどんを取り分けていく。

「くうー、これこれ。鍋のあとはうどん」

「お出汁が染み込んで美味しいですねえ」

ブリの旨みと脂がしっかり染み込んだおうどん。これをさわやかな酢橘ポン酢でいただく。つるんとした喉越しが、最後の締めにはぴったり。いやー絶品だー。

「って葵～あんたお酒一杯しか飲んでないじゃない。もっとぐびぐび行きなさいよ～」

「悪いけど、私は一杯以上飲まないようにしてるのよ。前にお酒で痛い目を見たから」

一杯のお酒は美味しい。でもこれ以上飲んで、酔うということに恐怖ばかりの私。

みんなはぐびぐび飲んでいるけれど、大丈夫かなあ。

この山りんごのお酒、軽く山賊殺しの異名を持っているんだけど。

「じゃあねえ、次は若旦那様について」

お涼がさっきの話の続きを切り出した。

「えっ！　銀次さんも⁉　ちょっと～銀次さんは完璧超人でしょう！　いや、完璧超妖？　ケチつけるとこなんか無いわよ」

「はあ。分かってないわね葵。ケチつけるところがないってのが、あの方の欠点よ」

大人ぶった笑みを浮かべ、切子グラスをくるくる回すお涼。

「若旦那様はそりゃ素敵よ。見た目も端正だし、物腰柔らかだし、仕事もできる」

「そうよ。とっても優しいし、いつも助けてくれるし。……でも銀次さん、確かに恋愛ごとに興味は無さそうだったな」

私としては、あの銀次さんがいまだ独り身なのは解せない。

モテモテでもおかしくないと思うんだけど。

「まあ……お涼さんの言う通り、銀次様には隙がありませんね。女の子は誰しもどこか自信のないところを抱えていますから、銀次様の様な完璧に見える方には、なかなか声を掛けづらいのかもしれません」

「若旦那様がガツガツするタイプだったら別だけど、ほら、葵ちゃんの言った通り、若旦那様もそういうのに興味無さそうじゃん。葵ちゃんにはどうかわからないけど、従業員には一線を引いて接するタイプだし。こういうのは女の子にとっての憧れで終わっちゃうかもね。深追いできないし」

な、なるほど……

静奈ちゃんと春日の指摘には、私も納得できる。

「でも折尾屋の一件のあとは、なんか雰囲気変わったわよね若旦那様。ちょっと話しやすくなったって仲居の女の子たちが言ってたのを聞いたわー。あのひといよいよモテモテになっちゃうかもよ～葵ー。そしたら若旦那様、あんたの世話なんてやいてる場合じゃないわね」

「…………」

お涼は意地悪な顔をして私を試すようなことを言っている。

しかし私は、今の今まで銀次さんはモテモテだと思っていたので、そこの所がピンとこない。夕がおにあまり来てくれなくなったら、そりゃ寂しいけど……

「ちなみに若旦那様の九本ある尻尾、右から下に向かって三番目が一番こそばゆいらしい。弱点というとそのくらいかな」

「春日、あんたなんでそんなこと知ってるの？」

怖いよー。春日の情報怖いよ。

ほろよいも吹っ飛ぶ謎のリサーチ力に、怯える私たち。

「ならー、お帳場長の白夜様はー」

「お涼、一番踏み込んじゃダメなところ行くわね……」

話はいよいよ白夜さんに及ぶ。あまり失礼なことを言ったら呪われそうな気もするが。

「正直怒られた記憶しかないわね……」

「私も」「私もですね……」

結局これ以上何も言えなくなる女の衆。何を思い出しているのか震え、こたつで小さく丸まっている。話を始めたばかりなのに、ここでもあの人の圧力に敗北してしまうのか。

「ち、ちなみに、白夜様はこっそり裏山の管子猫(くだこねこ)を可愛がってるよ」

「春日、それもうみんな知ってるから。それを噂したら殺されるから言わないだけだから」

まあようするに、白夜様の愛は管子猫に注がれているという事だ。

「もうね、ちょっと謎に包まれ過ぎていて、手に負える気がしないわ。大旦那様並みに、雲の上の存在っていうか」

「白夜様は大旦那様の古女房だからね」

お涼と春日は、静奈ちゃんの持ってきてくれたあられの箱を開け、ボリボリとつまみながら適当に言う。

「古女房？」

白夜さんは男ですが？　と首をかしげる私。

「昔から、天神屋の内助の功って事だよ。大旦那様があちこちに行って自由に仕事ができるのは、白夜様が常に天神屋に居るからだってね。大旦那様とは古い仲らしいし、天神屋でも大旦那様にずけずけと意見できるのは、お帳場長である白夜様くらいだし」

そういえば、前に大旦那様と出かける際、確かに白夜さんは大旦那様にあれこれ言っていた。その様は、確かに天神屋の上司と部下というよりは、旦那の尻を叩き、帰りを待つ年上女房という風に見えなくもない。

「確かに天神屋には大女将がいませんから、白夜様がその立場を兼ねているのでしょうね」

「大女将？」

静奈ちゃんは甘いお酒を一口舐め、古巣のことを思い出しながら語った。

「折尾屋には黄金童子様がいらっしゃいました。かつて、黄金童子様は天神屋の大女将だったと聞きます。大旦那様と同等の権限を持つこの立場は、天神屋では黄金童子様以来、いまだ空白なのです」

「そっか。……そういえば、そういう話を昔、銀次さんに聞いたことがあるわね」

それで、大女将の立場を白夜さんが兼ねているのか。

「は〜〜。もう大女将とかそんなけったいな話はどうでも良いのよ」

「お涼様、昔は大女将まで上り詰める夢物語を語ってたのに」

「うるさい春日！　私は現実に生きることにしたの！」

お涼と春日のその会話に、私は耳を大きくさせる。そしてここぞと聞いてみた。

「そういや……お涼はもう、若女将の座に興味は無いの？」

「はああ？　葵、あんたがそれを聞く？　私がまた若女将になれるわけないじゃない」

「そ、そう？」

「いいのいいの。成り上がり根性逞しい私は死にました。もう気楽に、楽しく自由に生きたいの。金持ち男と結婚して、さっさと仕事なんてやめてやるってーの」

「………」

なんだか場の空気が固まってしまった。

もしかしたら、ここにいる誰もが、お涼にはその座を諦めて欲しくないと思っているのかもしれない。

特に春日なんて、目をまんまるくして、らしくない困った顔をしている。

私はこの空気を変えようと、手のひらをポンと叩いた。

「あ、そうそう。果樹園でもいできた大粒ぶどうで、ぶどうタルトを作ったの。食べる？ぶどうを沢山のせた、カスタードクリーム入りの焼き菓子よ」

「かすたーど？　食べる食べる」

それがなんなのか分かっていないみたいだが、皆してコクコク頷く。

ぶどうタルト。

それは折尾屋からもらったココナッツオイルで作ったサクサクタルト生地を焼き、先日大旦那様と一緒にもいできた大粒のぶどう〝大紫水〟を飾った、キラキラ宝石箱タルト。

生地の上に、食火鶏の卵と小麦粉、牛乳で作った砂糖控えめの簡単カスタードクリームを敷いて、半分に切ったぶどうをその上に埋め込んで、焼き窯で焼いた。

これがこんがり焼けたら、最後に生クリームと生ぶどうで飾る。

ぶどうは、下のカスタードが見えなくなるくらい、ぎっしりみっちり並べてみた。

「うわあああ〜」

そのダイナミックな見た目に、誰もが目を輝かせる。

大きなタルトをみんなの前で切り分けると、せっかくきれいに飾ったタルトが切られるとあって、静奈ちゃんが「あぁ…」と残念そうな声をしきりに上げていた。

フォークが無かったので、和菓子用の黒文字もしくは手づかみで食べてもらう。

「うわっ、みずみずしい〜。何これ、ぶどうって生で食べるものだと思ってたけど、こんな風に焼き菓子にも合うんだ」

「初めて食べた甘味ですが、ぶどうの甘さを引き立てる味で、とっても美味しいです〜」

手づかみのお涼と黒文字の静奈ちゃんが、女子らしくスイーツに夢中になっている。

「フルーツタルト全般に言えるけど、カスタードの卵の風味豊かなクリームと、甘酸っぱくフレッシュな果実の組み合わせって、お互いのいいところを引き出し合う最高のコンビネーションだったりするのよね。甘ったるくもならないし、酸っぱさも柔らかくなるし」

私がこの手の甘味の説明をする一方で、春日はこのぶどうタルトをまだ口にしておらず、顎に手を添え、じーっと観察している。

「どうしたの春日。もしかして、ぶどう嫌いだったりする？」

「ん？　いや……ぶどうって大好きだよ私。タルトってこういうお菓子なんだと思って」

春日はタルトの硬いクッキー生地を手で持って、大きな口を開けて尖った先からパクッと齧った。ぶどうとカスタード、香ばしいタルト生地を一緒に頬張る。

「うーん、たまんない。ぶどうがじゅって、口の中で弾けるよう」

さっきまでブリしゃぶやうどんをしっかり食べていたのに、甘味は別腹とばかりに、ぶどうタルトも食べ尽くす女子たち。

「葵殿ー」

そんな時、ある男の子の声が夕がおから聞こえてきた。

「サスケ君だわ。そういやお仕事の後に何か食べさせてあげるって話をしてたんだった」

私以外の女子三人が「サスケ君……か」と、横目で視線を交わし合う。

「ねえ葵、サスケ君もこっちへ呼びなさいよ」

「え？　今日は男子禁制の女子会なのに、呼んでいいの？」

「いいのいいの。サスケ君可愛いし良い子だから」

「………」

なんだか良からぬ波動を感じたが、私は夕がおの方へ出て行ってサスケ君を呼ぶ。

「サスケ君、お疲れ様。ちょうど奥で鍋パーティーをしていたところなんだけど、サスケ君にも追加で作ってあげるわね」

「鍋でござるか。少し寒くなってきたでござるからな」

「先に入ってて。みんな待ってるから。私は準備してから行くわ」

「わかったでござる」

何も知らないサスケ君はテクテクと奥の間へと歩いて行き、戸を開ける。

「!?」

しかし開けてしまったが最後。

あの忍者のサスケ君が反応できないほど速い速度で、サスケ君は部屋の中へと引きずり込まれた。

「ぎゃああああ〜〜、葵殿、葵どの〜〜〜っ」

サスケ君が、あの幼気(いたいけ)なサスケ君が、男に飢えた女たちに捕食されてしまった。

「ご、ごめんサスケ君。美味(おい)しい鍋を用意するからね」

私は罪悪感に苛(さいな)まれつつ、新しい土鍋と出汁(だし)、野菜やブリの切り身を用意して、急いで奥の間へと向かう。

どうか、どうかサスケ君が無事でありますように!

「………」

サスケ君はすでに泥酔した女たちに絡まれ、あれこれ愚痴を聴かされたり酒を勧められたり、髪をいじられたりマフラー引っ張られたり、悪い意味で可愛がられたりしている。

「あおいどの〜〜」

怯えきった涙目のサスケ君がかわいそうだ。彼を保護せんと、群がる女どもを追い払い、ブリしゃぶの鍋を再びこたつにセッティング。たんと食べさせてあげる。

サスケ君が美味しくご飯を食べている間は、私がサスケ君を守る。

そう決意したのも束の間、ふっと電池が切れたように、女どもはその場に倒れてしまう。

ぐうぐう、すやすや……

やっと山りんごのお酒が効いてきたのか、猛烈な眠気に襲われたのだろう。

「葵殿……いったいここで、何をしてござった」

「ん？　闇の女子会よサスケ君」

「……闇の女子会」

酔っ払いって本当に手に負えない。

女たちの本性や本音、見え隠れした闇を、この空間から外へ持ち出してはいけない。

吐き出した全てを、明日起きた時には忘れてしまおう。

今日はそういう、女子会だった。

幕間【二】　暁、現世からの手紙

「またのお越しを、天神屋一同心よりお待ちしております」

俺の名は土蜘蛛の暁。天神屋の番頭である。

本日最後の客を仲居や下足番と笑顔でお見送りをして、俺は番頭としての仕事を終えた。

最後の客を見送ったこの瞬間は、いつもほっと一息つける。

夕方前にはフロント業務を終え、休館日前日の解放感に浸るのだ。

雑用係の子鬼らが「休みだ休みだー」とフロントを駆け回っている。化け狸の下足番・千秋さんがこの子鬼どもを束ねている為、彼らをロビーに集め、順番に点呼をとっていた。

子鬼たちには孤児が多く、天神屋が面倒を見つつ仕事を与えているのだが、休館日の前日には給料の外にちょっとした小遣いが支給され、まず真っ先に仕事から解放されるのだ。

「ほらお前たち、お仕事の邪魔にならないように、おとなしく子鬼寮に戻るっすよ」

「はーい、下足番長様ー」

子鬼たちを一列に並べ、静かに寮に戻るよう促す千秋さん。

「走ったら小遣い没収っすよ。あ、番頭様にちゃんと挨拶して」

「はーい。さようなら番頭さまー」

「……おう」

俺にはあんなガキどもの世話は無理だなあ……下足番って大変だ。番頭でよかった。

「ふう、終わった。あ、暁、後で銀天街に飲みにいかないっすか？」

子鬼たちを寮に見送った千秋さんが、俺に声をかけてきた。

いつも緩い笑顔と口調でへこへこした態度だが、俺よりもう少しだけ先に天神屋で働き始めた先輩だ。幹部の中では新参の方だし、割と一緒にいることが多い。

「あ、でも今夜も葵さんのところでご飯食べるんすかね？」

「いえ。どうやら今日は女だけで集まって、何やら怪しい会合をするみたいです」

「そういや春日もそんなこと言ってたなー。葵さんもあれっすね、随分と天神屋に馴染んだって言うか。あ、若旦那様ー今夜暇っすか？　よかったら一緒に飲みに行きません？」

「ああ、いいですねえ、千秋」

千秋さんは若旦那様にも声をかけている。若旦那様も珍しくノリが良い。

千秋さんの、この人の良さそうなふにゃけた空気は俺には無いもので、時折こういうひとの方が番頭に向いているんじゃないかと思うこともある。

しかし本人は、幹部の中でも一番のハズレくじと言われがちな下足番長の仕事が、なかなか気に入っているのだと、前に言ってたっけ。

「あ、あのー暁様、千秋様、銀次様」

「明日のご予定って何かありますか？」

「よかったら皆で遊びに行きませんか？」

仲居の女たちが三人、見計らった様に俺たちに声をかけてくる。

最近こうやって遊びに誘われることが多い。俺としては、休日は休みたいというか。

「いいっすねー。でも俺明日は実家に呼び出されてて。また誘ってやってください」

千秋さんは後頭部を撫でながら、慣れた様に断る。

若旦那様はお誘いに戸惑っている様だったが「私も先約がありまして」とあっさり断る。

俺は当然、面倒臭かったので普通に「無理だ」と断った。

「そ、そうですか……」

仲居の女たちはわかりやすく肩を落とし、がっかりしていた。

「ならその次の休館日は空いてますか？」

「……えっと」

めげない女たち。

千秋さんと若旦那様がじっとこっちを見ているのは何だ。

どうせお前、いつも休日は暇なんだから行ってやれよ、みたいな。後輩いじめか？

「ねえちょっとあんたたち。明日は鬼門歌舞伎座に、妖都で人気の花形男優・雪之丞様が来ることになったんですってよ。そんな男たちと遊んでる場合なの？　いっつもきゃーきゃー言ってるくせに」

突如、俺たちの背後から現れたお涼。

お涼のもたらした話に、仲居たちは「ええっ！」と食いつく。

「うそっ、それほんとお涼！」

「掲示板チェックしなくちゃ！」

「雪之丞様〜っ」

さっきまでのがっかりはどこへやら。女たちはきゃーきゃーと黄色い声を上げ、こちらには見向きもしないで去っていった。

「さすがはお涼さん。助かりました」

若旦那様がお涼に礼を言うと、お涼は片眉を上げてクスッと笑う。

「お三方、仲居の子たちに狙われていますわよ。幹部の中じゃまだ難易度低そうって。隅に置けませんわねえ〜」

「それ褒めてるのか、貶してるのか？」

「暁、あんた私に助けてもらったんだからお礼くらい言いなさいよね」

お涼は俺に指を突きつけ、強制的に礼を言わせようとする。

やはり図々しい、イラっとする苦手なタイプの女だ。

化け狸の仲居、春日がやってきて、お涼の裾を引っ張る。

「お涼様ー」

「早く夕がお行こうよ。葵ちゃん待ってるよ」

「はいはい。独り身の男どもが群がって飲みに行くみたいだけど、私たちはキラキラした女子会に行きましょうか。ああかわいそう〜むさ苦しい〜」

「お涼様。こっちもかなりの闇を抱えてるよ。同レベルだよう」

春日の指摘は流石だ。こいつは一介の仲居だが、機転の利く、よく働く狸娘。

俺もついついあれこれ用や使いっぱしりを頼んでしまう。

「……あ」

春日が一度こちらを振りかえり、何かを言いかけてやめた。

いや、こちらを見たというよりは、俺の隣にいた千秋さんを見ていたような。

千秋さんは、変わらず人の良さそうなふにゃけた笑顔だった。


銀天街の中でも、河原に沿って屋台が並ぶ、賑わった一角がある。

働いて帰りがけのおっさんたちが集う場所だ。俺たちも例外ではないが。

食火鶏の焼き鳥が食える屋台で三人並んで座り、それぞれ好みの酒を熱燗で注文。

「ああ、屋台での焼き鳥も、たまにはいいですね」

「そっすよ〜。若旦那様、いつも暇ができると夕がおに行ってるんですもん。たまには俺たちに付き合ってくださいよ〜っ！」

「い、今ここに居るじゃないですか」

千秋さんが若旦那様に調子の良いことを言って「あ、俺ももとねぎま、手羽。全部塩で」と屋台の親父に注文する。

「私は――……、ねぎまと砂ずりが塩で、きもをたれでお願いします」

「俺はぼんじりとつくね、あと皮。たれで」

熱燗で体を温めつつ語る。注文した焼き鳥の焼ける、いい匂いを間近に。

「しかし若旦那様が天神屋に帰ってきてくれてほんとよかった。若旦那様がいない間、天神屋は大変だったんすから。暁なんて、恋する乙女みたいに一日一回は『若旦那様はやく帰ってきてくれ――』って。絵に描いたように頭抱えてたっす」

「え？」

「ちょっ、千秋さん！」

そりゃあ若旦那様の普段の仕事量は並大抵のものではなく、抜けた穴はでかかった。

若旦那様は何を驚いているのか、きょとんとした顔をしてこっちを見ているが。

「そ、そりゃあ……フロントでの仕事は、何かと若旦那様に支えられていたのだなと、実感させられましたから」

俺は脂汗を滲ませて、気恥ずかしい思いをしながらボソボソと。

あの忙しさはもう勘弁……ってことで、出てきたばかりの串焼きつくねをガッと食らう。

あ、軟骨しそ入りで美味い。

「暁……それは大変な思いをさせてしまいましたね」

「ええ、はい」

若旦那様はジーンときているみたいだが、俺としてはこっ恥ずかしいのでこれ以上は何も言えない。熱燗をちびちび飲む。

「そうそう。若旦那様はすげーっすよ。天神屋の企画運営しながら、鬼門の中の鬼門って言われてたあの場所も受け持ってるんですから。ついでに大旦那様の許嫁の面倒まで見て。俺にはとても手に負えねえっす。子鬼の世話だって手を焼いてるのに」

代わりに千秋さんが話を盛り上げ、話題は葵のことに移る。

「あ、あはは。葵さんのことは任されたのではなく、私が無理やり引き込んだ、というのが正しいのではありますが……。それに葵さんはしっかり者ですから、私の方がよほど助けてもらっています。今も、砂楽博士に頼まれた天神屋の新しいお土産を、一生懸命作っているみたいで……彼女が凄いんですよ」

若旦那様は何を思い出しているのか、一人クスッと笑って、新しくお酒を注文している。

それ、かなりキツめのやつじゃ……

「俺、あまり葵さんと関わることないからよく分からないっすけど、そんなに特別なんすか、あの史郎さんの孫娘は」

「ええ、そりゃあ凄いですよ葵さんは。葵さんのお料理は。ねえ暁。暁なんて最初は葵さんにキツく当たってたのに、今じゃ夕がおの常連ですもんね」

「え？　いや、まあ……」

「お、言い淀んでる言い淀んでる。あの時、一番反対してたの暁っすからね」

「…………」

いつか、この話題でいじられることになるだろうとは覚悟していた。

しかし対処法はすでに考えているぞ……っ！

俺よりずっとつっこみどころのある奴の話題に、さらりと変えるのだ。

「確かに葵の料理は口に合うので仕事終わりに行きますが、俺よりお涼の方がよっぽど通ってるんじゃないですか？　あいつなんて葵を殺そうとしたんですよ」

「あ、あはは。確かにお涼さんは、今となってはあの頃のトゲトゲしさもなく……よく夕がおで葵さんにご飯をねだっていますね。あと春日さんもよく夕がおにいますね」

そしてふと、若旦那様は先ほどの、お涼と春日の様子を思い出したみたいだ。

「そういえば春日さんって、今でもお涼さんを〝お涼様〟って呼びますね。彼女くらいですよね、若女将を降ろされたお涼さんをそう呼ぶのって」

「……春日はお涼さんが好きなんっすよ。ここ天神屋で働き始めた時、何もわからなかった春日を面倒みたのがお涼さんだったとか」

「へえ、そうなんですねえ。春日さんと千秋は親戚同士なんでしたっけ」

「ええ、そうっすそうっす」

よし、話題のすり替えはうまくいったぞ。

ほろ酔いの若旦那様と千秋さんは、すでに春日とお涼の話をしている。

安堵した俺は「親父、ももとつくね」と追加の焼き鳥を頼む。

俺ってつくね好きだな……

「そういや……さっき、千秋さんに言いかけてませんでしたか、春日のやつ」

「…………」

俺が何の気なしに尋ねたことに、千秋さんの表情が少しだけ強張った気がした。

この人のこんな顔は珍しい。しかしすぐに、いつものふにゃけ顔になる。

「ああ。多分……明日のことっすよ」

「明日？」

「……明日、実家の方に戻らないといけないんで。もー、気が重いっす」

ああ、実家に帰るのって、女たちの誘いを断る嘘じゃなくて、本当のことだったんだ。

しかし妙な物言いだな。実家に戻るのがそんなに嫌なんだろうか……

「若旦那様は折尾屋に帰ったりしないんすか？」

「えっ、なぜ⁉」

「だってある意味実家っすよね。里帰りしないのかなって。お兄さんいるんでしょ？」

千秋さんの素朴な疑問に、若旦那様は顔の前で手を振った。

「いやいや、そんな……今帰ったって迷惑ですし。ねえ暁」

「なぜ俺に話を振るんです？」

実家なんて、俺にそんな場所は無い。

生まれも育ちも現世だし、唯一の肉親である妹も、今は現世にいるし……

「あんだとー。俺の鼻の、何がどうバカっぽいってーっ！」

「⁉」

突然、隣の酔いつぶれた天狗のおっさんが騒ぎ、何を間違ったのか俺に向かって熱燗をぶちまけた。

「………」

なんてこった。しみじみしていたのに、それどころではなくなる。

ついでに調子に乗った天狗を見ると、元上司、今ライバル宿の番頭・葉鳥さんや、以前フロントで暴れてくれた天狗たちを思い出して腹がたつ。

俺は私情込みでこの天狗のおっさんの羽を毟ってやろうとしたが、若旦那様や千秋さんに「どうどう、暁どうどう」と宥められ、事は穏便におさまったような、そうでもないような。

やけになって飲みまくる。

気がつけば先輩たちに愚痴ばかり語ってる。主に葉鳥さんの。

そんなこんなで、夜も更けた。


「っつう、飲みすぎた。若旦那様つょすぎ……」

天神屋の男子寮に戻り、酔って回らない頭のまま、男子寮の風呂へ直行。

ぶっかけられた酒の匂いを落とし、自室の部屋の襖を開け放ち、敷きっぱなしの布団に倒れこむ。俺の部屋は男子寮の上階だ。番頭だと一部屋貰えるので、同室の者はいない。

ああ、冷たい風が心地いい。開け放った縁側から、隠世の薄暗い空が見える。

「ほうほう。〝夜梟の異界便〟でほう」

「んあ……？」

縁側から一羽の梟がスィーと入ってきて、何かをポトンと落とし、また静かに部屋を出ていく。

「なんだこれ……俺に手紙？」

それは、紅葉の絵柄の便箋だった。手紙なんて久々にもらったな。

貼られた真っ赤な切手は、現世と隠世を行き来する異界便専用のもの。差出人は……

「鈴蘭（すずらん）」

酔いは、一気に冷める。それは妹・鈴蘭からの手紙だった。

立ち上がってハサミを取り出し、その封を切る。


暁兄さん、おひさしぶりです。

毎日お忙しいですか？

兄さんのことなので、仕事ばかりで体調管理を怠っていないかと心配です。

ちゃんと栄養のあるものを食べていますか？　寝ていますか？


そんな、心配ばかりの冒頭。

心配するな鈴蘭。兄は、あの憎らしい史郎の孫娘の飯を、日々食って元気にしている。

情けないことにな。これが栄養満点で美味いのだ。

暁兄さんはぶっきらぼうだけど、本当はとても優しいので、
今では葵さんとは仲良しなのでは？　図星ですか？

「ほっとけ」

鈴蘭め。葵と仲が良いかはわからないが、しかし確かに、鈴蘭がこちらに居た頃より関係は良好と言える。血を分けた妹には何もかもお見通しか。

私は史郎さんのお墓で墓守をしながら、現世のひとの営みを見守っています。
史郎さんのお墓を壊そうとするあやかしも居ますが、私って体が大きいでしょ？
皆、女郎蜘蛛（じょろうぐも）の私の姿を見ると逃げていきます。

「そりゃそうだろうな」

俺ですら、天神屋から突き落とされたくらい力も強いし……。

天神屋で、番頭のお仕事を頑張る兄さんが好きです。
ですがどうか、無茶しないように。
時には息抜きも大事ですよ。兄さんは息抜きが苦手だから。
ついでに女の子と遊ぶのも苦手だから。

「ほっとけ。ほっとけよ」

鈴蘭はいつも、明け方に兄さんのことを思っています。

どうかお元気で。


手紙を読み終わり、俺は何かと口うるさい妹の言葉に、フッと笑った。

手紙をよこす余裕があるのなら、あいつも向こうで達者にしているのだろう。

大好きだった史郎の墓を、守りながら。

「…………」

ふと視界の端で赤い光を捉え、開け放っていた襖から、明け方の空を見る。

ああ、なるほど……

気持ちの良い暁の空だ。明け方にって、俺の名前のことかよ。

「今日は……そうだなあ。鈴蘭に手紙でも書いてのんびり過ごすか」

あいつが隠世を去ってから、こちらであった事件のことでも綴ろう。

そして疲れた体を休めて、また仕事を頑張れば良いのだ。

第五話　狸の嫁入り

それは、休館日明けの、午前のこと。

今日の夕がおでは、極赤牛のスネ肉で作ったビーフシチューがお目見えだ。

昨日からお肉を赤ワインに浸けこみ、デミグラスソースを作って準備万端だった。

ケチャップやウスターソースは自作のものがあったので、それらを使って一からデミグラスソースを作ることに成功。そう、銀次さんが惜しみながらも私に譲ってくれた、秘蔵の赤ワインが大いに役立ったのだ……

「極赤牛をもらった時から、ビーフシチューを作りたいと思ってたのよね〜」

折尾屋は太っ腹にも、極赤牛の各部位のお肉をたっぷり贈ってくれた。

一気に使い切ることはできないからほとんど冷凍しているんだけど、スネ肉は絶対シチューにしたいと思っていたのだ。

さっそく赤ワインに漬けていた牛スネ肉を取り出し、フライパンで焼く。

両面しっかり焼けたら、これにお肉を浸け込んでいた赤ワインと月桂樹の葉を入れて煮込む。ああ、隠世にいるとご無沙汰な、赤ワインのフルーティーな香り……

お肉を赤ワインで煮込んでいる間に、シチューに入れる野菜を切っておく。玉ねぎ、にんじん、そして秋の味覚であるしめじをたっぷり。

これらの野菜を鍋で炒め、そこに煮込んでいたお肉を赤ワインと月桂樹の葉ごと入れ、またお水を加えて弱火で煮込む。ひたすら、ひたすら。できれば一時間以上煮込みたい。

「それと……ハンバーグ。ハンバーグのたねを作らなくちゃ」

ビーフシチューだけでなく、ハンバーグも今日のメニューに取り入れるつもりだ。

今日は極赤牛をどんどん使いたいのと、せっかくデミグラスソースを作ったので洋風のハンバーグも夕がおで出したいと思ったからだ。

さっそく極赤牛のひき肉でハンバーグのたねを作る。

玉ねぎなしの、お肉だけのハンバーグ。つなぎのパン粉と牛乳、塩胡椒をふりかけてしっかり混ぜ、小さめに丸く平たく、ハンバーグの形を整えておく。

うーん、ブランド牛一〇〇%の、お肉だけハンバーグだなんて贅沢……

タダで手に入れた食材だし、安価で提供できそうなので、沢山のあやかしたちにこの定番の洋食を食べてもらいたいなあ。

「葵！　大変よ大変！」

このタイミングで夕がおに飛び込んできたのはお涼だ。

こういうのは春日の役回りだが、なぜお涼？

お腹が空いたのかと思っていたが、そうでもないらしい。お涼は顔を真っ白にしている。

「春日が、春日が天神屋をやめるんだって！」

「……え？」

彼女が大慌てでもたらした、突然の知らせ。

最初は何が何やら理解できず、何度か瞬きをする。

鍋がコトコト、煮込まれている音が響く……

「ど、どういうこと？　え、春日がやめる？　仲居をやめて、ここを出て行くってこと？」

「そうよ！　退職するのよ。今大旦那様と話してる！」

「な……」

なぜ？　休館日の前夜には、一緒に女子会でブリしゃぶ食べて、楽しくやかましく語り合ったばかりだというのに。

「春日……春日、嫁入りしちゃうんだって」

「嫁入りって、春日が、あの春日が誰かのお嫁さんになるの？」

「あの子、今まで自分の身の上なんて話したことなかったけど、実はとんでもないお嬢様だったのよ」

お嬢様といえば折尾屋で出会った淀子お嬢様を思い出すが、そういうお金持ちの家のお嬢様ということだろうか？

「春日、春日は……宮中の右大臣、大狸家康公の末娘だったのよ！」

「ええっ⁉」

えっと……一応驚いてみたものの、それがどういう立場なのかいまいちピンとこない私。

要するに、隠世でも偉いひとの娘ということ？

お涼は「ああもうっ、いいから来て！」と私を引っ張って本館へと連れていこうとする。

「ア、アイちゃん！　お鍋煮込んでるから、見てて！　焦げそうだったら混ぜて～」

「はーい葵さまー」

ペンダントからポンと飛び出し、黒髪の鬼っ娘姿になったアイちゃん。

専用の前掛けを付け、私の大事な鍋を見ておいてもらう。

急ぎ本館につくと、従業員たちは皆この話題で盛り上がっていた。

「あの子がまさか、右大臣様の娘だったなんてねえ」

「なぜ天神屋で仲居を？」

ヒソヒソと聞こえてくるのは、あやかしたちの驚きの声ばかり。

「そりゃ誰だって驚くわよ。右大臣様は八葉なんて目じゃないくらい偉い方だもの。私、何も知らずに春日を叱ったりこきつかったりしてたわ。あとで罰せられないかしら……」

心配をしているのはお涼だけではない。

フロントの暁も、お涼と同じような覚えがあるのか、やっぱり落ち着きがなく冷や汗タラタラ流してるし。

「あ、そうだ」

春日の親戚（しんせき）である下足番の千秋（ちあき）さんに話を聞こうと思ったが、千秋さんはロビーにおらず。下足番はお客様の草履や下駄（げた）を管理したり、お部屋に荷物を届けたりするベルボーイ的な仕事ではあるが、営業前はここで見かけることが多いのにな。

雑用係の小さな子鬼たちを整列させて、点呼をとってるのを見たことがある……

「ねえ暁、千秋さんは？」

「ああ……千秋さんは春日と一緒に大旦那様の執務の間だ。ていうか千秋さんも右大臣様の弟に当たるんだな。もうちょっと敬っとけばよかった……」

手遅れなことを悔いて、遠い目をしている暁。

春日と千秋さんの立場を確認すると、彼らは北西の八葉・文門狸（ぶんもんたぬき）である。

隠世最大最難関の学校〝文門大学院〟の院長が八葉をつとめていて、その息子が千秋さん、また孫娘が春日となるらしい。

ちなみに千秋さんの兄であり春日の父は、さっきお涼や暁が言っていたようにこの隠世の右大臣の地位にある。

北西の地は、名門の学院や大病院、研究施設や大図書館を有する学術都市で、有能な学者や医者、役人を排出することで、商売ではなく政治的に力をつけていった八葉の中でも特殊な土地とのこと。

ならば、なぜ千秋さんや春日は天神屋で働いていたのだろう。

そして、今になって天神屋をやめるなんて……

「私、大旦那様のところに行ってくる！」

「待って葵、私も！」

私とお涼が落ち着きなくフロントの中央階段を登っていく。

「あ、おいお前たち！　大旦那様たちの邪魔になるようなことは……いや俺も行くぞ」

結局、暁も付いてくる。私たちは三人で最上階にある大旦那様専用の執務の間へと向かったのだった。


「あ……」

部屋の前では、若旦那の銀次さんが腕を組んで立っていた。

私たちを見ると「来てしまいましたか」と言いたげな顔をする。

「ダメですよ皆さん、お仕事前なのに」

「で、でも銀次さん」

「……お気持ちは分かります。ですが……って、あ！」

銀次さんが何かいうのも聞かずに、私たちは襖(ふすま)の隙間に耳を当て、中の会話を盗み聞きしようとする。

「本当に、気持ちは変わらないのかい春日」

「……はい。私は天神屋をやめて、北の地、氷里城の長に嫁入りするつもりです」

大旦那様はいつもの調子だが、春日に至ってはいつもの彼女とはまるで違う、落ちついたしっかりした声音。それに、嫁入りという話は本当の事なんだ。

「千秋、お前はそれで良いと思うのかい？」

「……はい大旦那様。二人の婚姻は、不安定な北の地を、我が北西の地が支えるという事の証明になるでしょう。これで、乱れていた北の地も、少しは安定するかと」

「……そうか」

千秋さんと大旦那様の会話をもっとよく聞きたいと思っていたら、突然「氷里城ですって⁉」とお涼が素っ頓狂な声をあげる。

「お、お涼、うるさいぞ！」

「だって、北の地の氷里城の長だって！」

「お涼静かにっ！」

私と暁でお涼の口を抑えようとしたら、突然襖がガラッと開いて、私たちは三人団子になったまま室内に倒れんだ。

「お前たち……」

「お、大旦那様」

大旦那様の呆れ果てた紅の瞳が見下ろしていた。何かをごまかしたくて、私たち三人はいびつな笑みを浮かべる。

「葵ちゃん、お涼様、番頭様」

「はは……みんな来ちゃったんっすねー」

春日と千秋さんにも、私たちはいびつな笑顔でニコッと。

「ねえ春日、氷里城の長に嫁入りするって本当!?」

「お涼様……うん、そういうことだよ」

「でも！　あそこの長は病気で寝たきりの超老いぼれじじいだったはずよ！　あんた、死にかけてる老いぼれに嫁入りするの!?」

お涼はやけに詳しい。そういえば、彼女は北の地の出身だっけ。

だからかとても、複雑な顔をしている。

「いや、お涼。北の地の八葉はいよいよ変わる」

「……え？」

「北の地は、長く八葉を務めていた氷里城の大長老が引退される。次に八葉の座につくのは、大長老の末の孫である、氷人族の若君。春日が嫁入りするのは、その若君・キヨ殿だ」

「…………」

私がその人を誰だろうと思うのは無理もないが、北の地に詳しそうなお涼も首を傾げ、暁もぽかんとしている。

私たちの後ろで静かにしていた銀次さんだけが、なんとなく理解しているという顔だ。

「ねえ、私……」

春日が突然立ち上がり、いまだ出入り口あたりで転がっている私たちの前に立った。

その時見上げた顔があまりに大人びて見えて、私は一瞬、自分の知っている元気で幼気な春日がどこかへ行ってしまったような、寂しい気持ちになる。

もしかして春日は、この婚姻を、本心では嫌だと思っているのではないだろうか。

でも自分の立場上、仕方なく受け入れているのでは。

「このひとたちの顔を見てたら、なんだかお腹空いてきちゃった。大旦那様、いったん何か食べていいですか？　私、昨日から何も食べてないんだもん」

「……春日」

それほど、この事を思いつめていたということだろうか。

誰もがそれを悟り、何も言えないでいる中、大旦那様だけはじっと私を見る。

彼の言わんとしていることはすぐにわかった。

「か、春日！　なら夕がおにおいで。何か作ってあげる。というか今、ビーフシチューを作ってるところなの。ぜひ食べてみて！」

「ビーフシチュー？」

「ええ！　ハンバーグも一緒に煮込んであげる。春日が狸になった時のような、茶色の煮物料理よ。美味しいわよ～」

「…………」

混乱していたので奇妙なたとえになってしまい、あまり美味しそうに聞こえなかったか。

ここにいる誰もが「何言ってるんだこいつ」みたいな顔をしていた。

でもビーフシチュー、美味しいのは確かだから！


春日を夕がおに引っ張って行く。

営業前で仕事のある他の者たちはそれぞれの持ち場に戻り、彼女の空腹は私に任された形だ。

夕がおに戻ると、アイちゃんがしっかりと鍋を見てくれていた。

「ありがとうアイちゃん、お疲れさま」

「はーい、甘いもの食べたーい」

「ご褒美に、試作してたおまんじゅうをあげるわ。あ……これは秘密のおまんじゅうよ。まだ他の誰にもあげてないんだからね」

「わーい」

アイちゃんはおまんじゅうと、自分で用意した一杯のミルクを持って、すぐそこの椅子に座って休憩中。

ビーフシチューの具材を煮込む時間は、十分に取れたところだ。これに下茹でしたじゃがいもを入れ、またデミグラスソースを加え、味付けをしながら時々混ぜる。

春日はカウンター席に座って、頬杖をついてぼんやりしている。

「春日、少し待っていて。ビーフシチューをもう少し煮込んで仕上げるから。その間に、ちょっとつまめるものを作るわね。アボカドって食べたことある？」

「……アボカド？　図鑑で見たことあるけど、食べたことないなあ」

「ふふ。現世じゃおなじみだけど、隠世なら南の地で熱心に育ててる野菜なんだって。最初は食感でびっくりするかもしれないけど、食べ慣れると病みつきになるわよ。アボカドは畑のバターって言われてるんだから」

と言っても、隠世じゃあバターもそれほどメジャーじゃないから、いまいちピンと来ないかもしれないけど。

でも春日は少し興味深そうに、「へえ～」と目を丸くしていた。

シチューを煮込んでいる間に、ささっと先付けを作ってしまう。

アボカドと柿の、甘くまろやかな和え物だ。

まずは、季節の果実である柿の皮を剝き、果肉を角切りに。

アボカドも真横から切って、真ん中の丸い種を軸にぐるりと回して、種のくっついた半分と、種の無い半分にパカッと割る。

この作業がちょっと楽しい。綺麗な薄緑の果肉がお目見えだ。

皮をぺろっと剝いて、この果肉も角切りに。先ほど角切りにした柿と一緒に、切子の小鉢に盛り付け、特製和風柑橘ドレッシングをかけて混ぜておく。

はい、これで出来上がり。匙と一緒に春日の前に出す。

「はい、春日。柿とアボカドの和え物よ。食べてみて」

「わあ綺麗。緑と橙。私、柿って好きなんだー、いただきます」

春日はやっと、自然な笑みを零した。匙を手に、大きな口を開けて、まずはアボカドを興味深そうに食べてみる。

「うわあ……すごい。アボカドって初めての食感だ、やわらかくて面白い食べ物だね」

そして今度は、アボカドと柿を一緒にパクり。

「味付けのせいかな、柿が甘いけど、やっぱりおかずの味」

「そうなの。柿の甘さと、アボカドのまったりした食感や味はよく合うけれど、それだけじゃ甘すぎるからね。柑橘の果汁と、すりごまとお醬油のドレッシングで、しっかり和風な味付けをするのよ」

春日がこれをつまんでいる間に、私は午前中につくっていたハンバーグたねを取り出し、深さのある平鍋で焼く。両面がしっかり焼けたら、煮込んでいたビーフシチューをおたま二から三杯分注いで、ことこと五分ほど煮込む。

また、私は別の小さなフライパンで半熟目玉焼きを作っておく……

「春日、白米とパン、どっちが良い？　ビーフシチューにはどっちもよく合うけど」

「うーん、やっぱりご飯かなあ」

「わかったわ。私も、洋食に白ごはんって、結構好きなのよね～」

煮込んだハンバーグを、アイちゃんに頼んで温めてもらった焼き物の平たい器に盛り付け、ビーフシチューもその上からよそう。茹でたブロッコリーもポンポン、と。

生クリームをひと匙まわしかけて、最後にハンバーグの上に半熟目玉焼きを載っけて出来上がりだ。

白ごはんも、丸い器で形を作って、お皿にポンと載せて洋食プレート風に。

このお膳を、春日の席に持っていく。

「はい。喫茶店風、お月見ビーフシチューハンバーグの出来上がり～」

「わあああ。すっごくいい匂い。さっきからずっと、漂ってくる匂いだけでお腹が鳴ってるよ。目玉焼きものってる～。今日は十五夜だもんね。本当に満月のお月さまみたい」

「ふふ。秋になると、現世では目玉焼きを使った〝お月見何とか～〟って期間限定のメニューが増えるのよ」

主にハンバーガー業界で、お月見バーガーなど。

半熟目玉焼きって、これがついているだけで、いつも以上に美味しそうに見えてしまう謎の魔力があるわよね。

「そして狸色のお料理だね、確かに」

「狸色のお料理は基本とても美味しいって法則よ。私も味見がてらお昼にしようっと」

自分の場合、余ったパンの耳をトーストして、普通のビーフシチューに添える。

うん、これでも十分ご馳走だわ。匙でシチューのお肉をちょっとつつくと、ほろっとほぐれる。このお肉とシチューを、いざ一口。

ううーっ、お肉が！　お肉がっ!!

柔らかくてトロトロだ。臭みもなく、濃厚デミグラスソースの熱々シチューがよく絡まって美味しい。最高に贅沢だ！

「うわあ、うわああ……何これ、美味しすぎるよ葵ちゃん。半熟の黄身をほぐして、ハンバーグやシチューと絡めて食べたら、もう最高。沢山の味がぎゅっと一口に詰まってる」

一口食べた春日が、口元を押さえて、ピコピコと狸耳を動かしていた。

今度はごろっと大きめなにんじん、しめじを、シチューと一緒にパクリ。

「うーん、ほくほく～」

隠世最先端の妖火円盤と霊力鍋で作る煮物なんかは、野菜の芯までしっかり火が通り、野菜の甘みや美味しさを閉じ込めてくれるので、シチューを作るのにもってこいだ。

「ハンバーグはたまに葵ちゃんが作ってくれてたけど、ビーフシチューは初めて食べた。私、このお料理が大好きになっちゃいそうだよ。こんなにコクのある味だったんだ。本で読んだことがあるけど、味は想像することしかできなかったなあ」

「春日、ビーフシチューのことを本で読んだことがあったの？」

「うん、文門の地の図書館にはたくさんの本があるんだ。現世の文化を記す本だってね。西洋のお料理のことが書かれた本って、子供の私たちには、色々と妄想が広がって面白いものだったなあ。私、小さな頃から本に囲まれて育ったから」

「…………」

　私たち？

　春日はまたハンバーグを頬張って、ビーフシチューをすする。ここで白ごはんを食べ、またシチューをすする。いろんな美味しさが口の中で混ざり合い、「あーおいしい〜」と、身もだえするのだ。

　春日の満足げなほっこり顔が、私には嬉しい。

　私も隣で食べながら、「パンをシチューにつけて食べても美味しいのよ」と、ビーフシチューとパンならではの食べ方を伝授。

・シチューの旨みがパンに染み込んで、サクッ、ジュワッと、魔性の食べ物になってしまうの。お互い、いつもは見向きもしないパンのみみスティックに夢中になる。

「ふう、おなかいっぱーい」

そんなこんなで、私たちは贅沢な昼食を終えた。

営業前にこんな満足感、許されるのだろうか？

だけど絶対に元気の出てくる、そういうお料理であることに間違いはない。

「満腹になったみたいで良かった。おなか空いたって言い出した時は驚いたわ。みんなびっくりしてた。春日があの場所でそんなこと言い出すなんて、よっぽどなんだなって」

「あはは。そりゃ大旦那様と大事なお話中に、おなか空いたって主張が許されるのは、葵ちゃんくらいだしねえ」

「何言ってるの、私別に、大旦那様の前でおなか空いたアピールなんてしてないわよ」

いや、うん、嘘だけど。

「それに、私より大旦那様の〝お手伝いしたいアピール〟の方がよっぽど深刻よ」

「へえ、大旦那様ってそんなにお手伝いしたがりなんだ。いつもどっしり構えてる印象しかないけど。葵ちゃんの前じゃ、やっぱり違うんだね」

「ああ見えて、かなり謎の行動をするひとよ」

「大旦那様は……確かに謎に包まれているよね」

私と春日の、大旦那様に対する〝謎〟の意味は、何かがかなり違う気がした。

自分の抱える事情を思い出したのか、春日の表情から徐々に明るさが消えていく。

「ねえ。葵ちゃんは、大旦那様に嫁入りするの？」

彼女はおもむろに、そんな質問をした。

いつもなら軽くあしらうところだが、今の春日の、この問いかけは重い。

彼女と私の立場は、少しだけ似ていた。

「嫁入りはしないわよ。今はまだ、夕がおがあるもの」

そう言って、何だかよくわからない違和感で、自分自身の胸がいっぱいになる。

何だろう、これ。

「でも、葵ちゃん。大旦那様のこと、もう嫌いじゃないでしょ？」

「そりゃあ、嫌いかって聞かれたら、そうじゃないと答えるくらいにはなったけど……」

「なら好きなの？」

「う、そ、それは……」

私は目を泳がせた。春日が私の心を見極めんと、じーっとこちらを見ている。

「そ、そんなはずないじゃない。だって私、大旦那様のこと何にも知らないんだもの」

まずはそう否定した。

いや、私は大旦那様について分かったこともある。大旦那様の、見た目とは裏腹なお茶目な部分や、素朴な優しさ、フットワークが軽くて時には意味不明に見える行動力……大事なところで支えてくれる、頼もしいところも、共に過ごすうちに知っていった。

だけど、知らないことも沢山ある。

大旦那様が内側に抱く大事なことは、ほとんど知らない気がするのだ。それを何も知らないのに、簡単に好きだなんて言えない。

だって、例えばもし自分が、自分のことを何も知らない相手から「好きだ」とか言われたって、「何も知らないくせに」って思ってしまう。

「だから、もうちょっと大旦那様のことが知りたいんだけど……何も教えてくれないし」

「……ふーん」

春日はニヤニヤしているが、私はさっきから冷や汗が凄い。

なんだろうこのいたたまれない感じ……。

「ふふ、いいなあ、葵ちゃんは。葵ちゃんに無理強いせずに時間を与えた大旦那様は、やっぱり偉大だ」

「……春日？」

春日は夕がおの天井を仰ぐ。その目は、どこか虚ろだった。

「春日、春日は……嫁入りするの、本当は嫌なんじゃないの？」

私は春日の肩に手を置き、真剣に問いかける。

春日は嫁入りを覚悟しているようだったが、その本心を聞きたいと思った。

「北の地の八葉と結婚する。それって政略結婚じゃない」

春日は天井に顔を向けたまま、視線だけこちらに流して私を見ていた。

茶色の前髪の隙間から見えるその瞳は、一介の仲居のものとは思えない。

そこにいたのはもう、北西の八葉の一翼を担う、隠世の右大臣の娘。いくつもの肩書きや立場を持つ、ただひとりの狸の少女だった。

「政略結婚は仕方がないよ。だって私が動くってことは、いろいろな意味を孕んでいるんだ。文門狸はね、腹黒いんだよ。狸はとても弱いから、ここだけで生き延びた」

春日は自分の頭を指差し、クスッと笑う。

「〝文門の地〟の八葉である院長ばば様は、各地に配下の狸たちを飛ばして情報を収集している。どこがどう動いても、文門の地が不利にならないようにね。例えば、うちの父。宮中でどんどん力をつけて、いよいよ右大臣なんかになってる。それに天神屋の千秋。あいつは父の弟で、私の叔父に当たるけれど、この地に派遣された文門狸の優秀な調査員だ。大旦那様はこういう狸事情を知っているんだろうけど、あえて千秋を受け入れているんだろうね」

「……た、狸事情」

「そして、私は今になって北の地に飛ばされるってわけ。何でってそれができそうなのは私しかいないんだ。そうして、各地の懐に飛び込んで、内側からじわじわと文門狸どもの影響力を露わにしていく。……それが、私たち文門狸のあり方だよ」

「…………」

すごい話だ。そして、とても恐ろしい話。

だけどそのような理屈や事情を理解しても、私はやっぱり分からない。

春日はそれでいいのだろうか。

「春日は、結婚を納得しているの？　八葉の家に生まれた宿命みたいなものに結婚相手を決められて、素直に嫁入りできるの？」

「……葵ちゃん？」

「私には、春日が何かに、悩み苦しんでいるように見えるわ。もし、無理やり春日が結婚させられそうになっているのなら、私……」

私には、それが許せない。

しかし春日は、袖を口元に当ててクスクス笑った。

「葵ちゃん。誰もが葵ちゃんみたいに、運命に抗う女の子ってわけじゃあないんだよ」

「……え？」

春日の物言いは、口調こそいつも通りだと思うが、何かがひたすら大人びている。

その視線も、声音も、言葉も。

「それに、葵ちゃんは何か勘違いをしているね。私、嫁入りすることが嫌なわけじゃないんだ。むしろ、少しだけ期待もある。キヨは、知らないひとじゃないから」

キヨ。確かそれは、北の地の新しい八葉の名だ。

「春日は、結婚する相手のことを、知っているの？」

「うん、よく知ってる。だって幼馴染み(おさななじ)だもん」

「幼馴染み⁉」

「最後に会ったのは小さな狸だった頃だけどね。ここだけの話、初恋の相手」

「ええっ」

春日が口元に人差し指を添え、「秘密だよ」と。

びっくりな情報だ。確かに、前の女子会で初恋くらいあると言っていたが……

「すごいわね、春日。初恋の人と、結婚することになるなんて」

「……ふふ。まあ、相手は私なんて嫌かもしれないけどさ～」

春日は、ちょっとおどけた態度で自虐。しかしすぐに、表情に影を落とす。

「私が悩んでいるのは、悲しいと思っているのは……嫁入りしたくないからじゃない。やっぱり、天神屋を離れるのが、とても寂しいんだ」

今までの落ち着き払った声を、彼女は少しだけ震わせた。

泣きそうな顔して笑う春日。その表情には、複雑な感情が見え隠れしていて、だからこそ私は、今になって実感が湧いてくる。

そうだ。春日は結婚を嫌がったりしていない。きっと北の八葉に嫁入りする。

だから……ここ天神屋から、居なくなるんだ。

「ありがとう葵ちゃん。美味しいものを食べさせてくれて。葵ちゃんの料理は、弱った体だけじゃなくて、あやかしの心も満たしてくれる」

「か、春日……」

「葵ちゃんは、凄いよね。圧倒的に不利な状況から、ここまで来たんだ。自分の力で」

「…………」

「私は、どうかな。八葉の嫁になるだけの力が、私自身にあるのかな」

春日は結局、また大旦那様の元へ、これからの話をしなければと戻っていった。

気丈な態度は春日らしい。しかし私には、彼女の複雑な心の全てを推し量ることはできず、ただ空腹を満たしてあげることしかできなかったのだ。


その日の夕がおの営業中のことだった。

「どうしたんでい、葵ちゃん。浮かない顔してため息ばかり」

「今夜はお客が少ないのを嘆いているのかい？」

「違うわ。いえ……それももちろんあるけど」

常連の寿治郎おじさんと燕おばさんという、銀天街に住むあやかしのご夫妻に、今日の目玉であるビーフシチューの御膳を振る舞っていた。地元民なので二人は天神屋に泊まることは無いが、温泉に入ってここ夕がおに食事に来るのが、週一の日課なのだ。

「しかし驚いた。北の八葉が変わっちまったんだと。銀天街で号外が配られてたんだぜ。随分若いのが八葉として立つようだって、今日は皆この話題で持ちきりだぜ」

寿治郎おじさんはおもむろに新聞を取り出し、目の前で開いた。

「ああっ！　ちょっとそれ見せて！」

「おおっと」

私は寿治郎おじさんの読んでいた号外の新聞をバッと借り、掲載されているカラー写真を食い入るように凝視。

写っていたのは、真っ白の着物を纏い、氷の錫杖を持った儚げな少年だ。

「この子が……」

やはり、まだ若い。あやかしなので年齢的には私より年上かもしれないが、見た目で言えば十五歳かそのくらいか。あやかしたちにもまだ若いと言われているのだから、八葉になるには本当に若すぎる歳なのだろう。

この子が春日の初恋の相手。

そして、将来的に春日の旦那様になる男の子か。び、美少年だな……

「大丈夫かねえ、そんな若い子が八葉になって。キヨ様は病気がちで、ほとんどを文門の地の大病院で過ごしたって話じゃないか」

「仕方がねーぜおっかあ。あっこにはもう、他に氷人族の跡取りがいねーんだ」

雪女や雪男、氷柱女などを総称するのが氷人族というあやかしである。全体的な色合いが、確かにお涼に似ている。お涼より随分おとなしそうだけど……

彼らは一族の結びつきが強く、北の地の八葉になるには、氷人族の長の血統でなければ民衆の支持を得られないという特徴があるらしい。

「北の先代は偉大だったが、跡取りを育てることを怠ったまま病に伏せてしまった。おかげで愚かな跡取り問題が勃発して、末の孫のキヨ様以外、みーんな死んじまったってさ」

「あんたまたそんな噂話を信じて！　ごめんねえ葵ちゃん、うちのひとが物騒な話をして」

酔った寿治郎おじさんの尻を燕おばさんが叩いて、この店をそろそろ出ようとしている。

私はそんな常連さんのお帰りを見送って、今夜の夕がおの営業を終えた。

彼らが置いていった新聞を、時々気にしながら。

第六話　叔父とススキと月見酒

春日が天神屋を退職するという知らせを聞いた。

その上、お客も少ない侘しい日だった。

ビーフシチューやハンバーグは、来た人の多くがこれを頼んだせいもあって残りなど無いが、秋の定食用に用意した栗おこわが大量に余ってる……

「せっかく蒸籠で蒸した、ほくほく甘い栗おこわなんだけどなあ」

妖火円盤付きの蒸籠のおかげで、まだ温かさを保っている栗おこわ。

勿体ないし、どうしよう。天神屋のみんなが食べにくるかなあ……

「春日は……来るかしら。今夜は色々と大変でしょうから、ここへは来ないかな」

春日のことをまた思い出して、さらにどんよりしてしまう。

今日はダメだ。彼女がここを去るかもしれないと考えるだけで、寂しくて仕方がないのだ。それは時間が経てば経つほど、ざわざわと心を閊ぎ立てる。

春日は私が隠世に来た時も、意地悪だらけのなか普通に接してくれた数少ないあやかしだった。それからも、当たり前のように私のところに来てくれた、大事な友人だ。

ここを去る春日に、私ができることってなんだろう……

店先の暖簾を下げに外に出た時、空に浮かぶ綺麗な十五夜お月さまが目に飛びこんだ。

「わあ……」

満月にほど近い月。秋の風も相まって、切ない。

さわさわと揺れる柳の木の下まで歩き、静かな中庭で黄昏ている。

「どうかしたっすか、葵のお嬢さん」

そんな時、向かい側の太鼓橋の上で手すりにもたれて草を噛む、一人の青年に声をかけられた。

茶髪にたれ目、細身で人当たりの良さそうな愛嬌のある笑顔を浮かべている。

下足番長である、千秋さんだった。

「千秋さん……珍しいわね。あなたがここにいるなんて」

「そうっすね。葵さん、あなたに少し、お願いがあって」

「……お願い？」

千秋さんは普段のちゃらっとした雰囲気とは違う、どこか粛粛とした態度でこちらまでやってくる。

彼は春日の叔父だ。何か、春日の件で話があるのだろうか……

「あのー、これ、葵さんなら上手に炒ることができるっすか？」

「へ？　なにこれ……あ、銀杏！」

千秋さんがペコペコしてこちらに突き出してきたのは、薄手の巾着にパンパンに詰まった、銀杏の実だった。

「今、裏山で大旦那様と白夜様、あと珍しく地下施設から出てきた砂楽博士が、三人で月見酒してるっす。今回、文門狸の事情で天神屋には迷惑をかけてしまったっすから、中庭で拾った銀杏を炒って持っていこうと思ったんですが、なかなか上手くいかなくて……」

「ああ、なるほどね。いいわ、もう夕がお閉めるし中に入って。……ていうか大旦那様たち、お月見してるの？　十五夜だから？」

「月見酒はあやかしの嗜みっすよ。それに、あの三人は天神屋の中でも古株っすからね。今回のことで、何か必要な話し合いがあるのかと」

「……そっか」

ただの従業員の婚姻であれば、そうはならないと思う。

やはり北の地の八葉が変わり、それに伴う春日の嫁入りは、隠世全体でもかなり大きな意味を持つ出来事なんだろうな。前に、大旦那様が私のことを嫁だと妖都で宣言したときも、大騒ぎになったたし。

夕がおに入り、好きなところに座ってと言うと、千秋さんはカウンターの席に着き頬杖をついた。その仕草が、何だか昼時の春日に似ている。

見た目はあんまり似てないんだけどなあ。春日はプニプニしてるけど、この人は結構シュッとしてるというか。

「あ、千秋さんはお腹すいてないの？」

「俺？　俺は別に、最後でいいっすよ飯は」

「いつも夕飯は遅いのね」

「そうっすねえ。下足番ってこまごました仕事が多いのと、ちっこい子鬼の世話があるっすから。あいつら寝かしつけて、飯はそれから……って、あ！　もしかして、何か作ってくれるんっすか?!」

ここが食事処であることを、今やっと思い出したような反応だ。

わざわざ銀杏を持ってきたのに、自分のことになると疎いタイプかな。

「ふふ。栗おこわが余りまくってるんだけど、食べていかない？　夕飯がまだなら」

「く、栗おこわ……っ！」

なぜかのけぞって驚愕する千秋さん。その大げさな反応に、私は不安を覚える。

「もしかして、栗苦手？」

「いいえ！　いいえ、狸は栗や柿が大好きなんっす！」

「ほんと!?　よかったー。でも初耳。狸って栗がそんなに好きなんだ」

「ええ。文門の大図書館には大きな栗の木があって、秋になると皆で栗拾いをしたっすね」

「へええ」

栗の木がある図書館か。なんかいいなあ。

「おかずには何がいい？　ちょうど秋のさんまがあるんだけど、さんまの塩焼きなんてどう？　お味噌汁は、栗おこわにもぴったりな、なめこの赤だし味噌汁よ」

「なんすかそれ、最高の秋の献立じゃないっすか……っ！」

献立を聞いたせいか、空腹を思い出しぐうとお腹を鳴らす。

後頭部を撫でながら、ひと懐っこい照れ顔になる千秋さん。

「お恥ずかしい。俺、昼もあんまり食ってなかったんで」

「そうなの？　春日がお腹すいたって言った時、一緒にここに来れば良かったのに」

「いえ、俺には大旦那様に、折り入って話もありましたから。……それに、春日にはあの時、葵さんのような友人との気の休まる時間が必要でした。昨日から散々、偉いあやかしたちに囲まれてたんで」

「…………」

千秋さんは苦笑の中、密かにため息をこぼす。私はそれを見逃すことなく、一方で七輪に火をおこして、さんまの塩焼きの準備にとりかかる。

その間、千秋さんが妙にそわそわしていると思ったら、おもむろに立ち上がって箒を手に夕がおを掃除しだした。

「なにやってるの千秋さん」

「いや、俺体を動かしてないと落ち着かないたちでして。夕がおの片付けも途中だったでしょうし、俺、ここで掃除してていいっすか？」

「それはありがたいけど」

幹部なのに、根っからの下っ端体質とは恐れ入る。

「あー。たぬたぬしゃんの声がするでしゅ」

奥の部屋で寝ていたチビが、なぜかこの時、千秋さんの声を聞いて出てきた。昼間に拾ったどんぐりを一つ脇に抱えて、えっほえっほと千秋さんのカウンターまで登る。

「あれえチビじゃん。寝てたの？　嘴の周りよだれまみれっすよ」

そう言って、懐から手ぬぐいを取り出し、チビの嘴を拭く千秋さん。

下っ端体質の上、やはり小さな子の世話には慣れている感じだな……

「僕は赤ちゃんかっぱでしゅ〜。赤ちゃんかっぱは世界一かわいい生モノでしゅ」

お世話されているせいか、なぜか赤ちゃん返りして、親指をちゅーちゅー吸ってみせるあざといチビ。またよだれが垂れて千秋さんに拭いてもらってる。

「ていうか千秋さん、チビのこと知ってるの？」

「知ってるもなにも、昼間に銀杏を一緒に拾ったたっす」

「そうでしゅー。僕がお庭の小池ですっぽんしゃんに食われかけたところを、たぬたぬしゃんが助けてくれたでしゅ。なのでかっぱの恩返しでしゅ」

チビは「贈呈するでしゅ」と、小脇に抱えていたどんぐりも千秋さんに差し出す。どんぐりなんていらないだろうに、千秋さんは「ありがとチビ」と微笑み、ほっぺをつんつんつついていた。チビったら……案外天神屋の男性陣に可愛がられてるわね。

さて、秋のさんまだ。

これほど、誰もが秋の最上の味覚に名を上げる食べ物って無いのではないだろうか。

細長く、丸々太って光沢のある新鮮なさんまは、東の地の港から取り寄せたもの。

両面に振り塩をしておいた。これでさんまの生臭さが抜け、身に弾力が出るのだ。

流水で軽く塩を洗い流し、再びパラパラと塩をまぶして身に切り目を入れる。あとは七輪の火にかけ、じっくりじわじわ、焼けるのを待つだけだ。

「千秋さんは、春日の叔父(おじ)さんなんだっけ」

「ええ。春日は妖都にいる父親や母親と離れ離れで過ごしていましたから、ほとんど俺が面倒を見てたんっす」

「へえ。お父さん代わりだったってこと？」

「あはは。父親は言い過ぎっすよ。まあ年の離れた兄、くらいっすかね、感覚的には。春日は末っ子で、他の兄弟に比べ勉強も嫌いで……イタズラばっかりの困った子で」

千秋さんはクスッと思い出し笑いをして、私の出した温かい煎茶をスッと飲む。

その佇まいは、私が思っていたような千秋さんの軽い印象とは少し違い、どこか洗練された品がある。

「ああ……さんまの焼ける、いい匂いっすね」

「ふふ。このさんまの皮と脂が、ちょっと焦げてきた時の匂いがたまんないのよ」

さんまの焼ける良い匂いの中、私はほかほか温かい栗おこわを茶碗によそい、なめこの赤だし味噌汁も用意した。小鉢は、イカとネギの酢味噌和え。

全てお膳に並べて、ちょうどさんまの焼ける頃合いに大根をすりおろして、細長い器の傍に添える。

ああ、脂ポタポタ、皮もパリッと焼けて、香ばしく美味しそうなさんまの塩焼きだ。

秋の味覚が詰まった、家庭的なお膳の出来上がり。

「はい！　夕がおの秋尽くし御膳よ。秋の味覚は空きっ腹にダイレクトに響くわ。あ、かぼすかぼす。かぼすも半分つけとくから、がっつり絞って柑橘の香りも楽しんで」

かぼすを半分に切って、焼きさんまの横にポンと。

「あはは。笑いが出るほど美味そうっす」

千秋さんは「いただきます」と丁寧に手を合わせ、やはりまずは栗おこわから口にする。

ゴロッと丸ごと、黄色の綺麗な栗がたっぷり。

糯米を蒸して作ったおこわが、ほのかに甘く煮た栗を包み込み、優しくも懐かしい、ほっこりした味わい、もちもちした食感に仕上げる。

「まるごとの栗が、やっぱり美味いっすね。栗ご飯もいいけれど、栗おこわってのがまた」

「さんまと一緒に食べてみて。これまた最高だから」

というわけで、千秋さんはさんまにかぼすをジュワッと絞り、パリパリの皮ごと、お箸で綺麗に上身をほぐし、プリッと引き締まったさんまの身を持ち上げた。そのままパクリと口にして、目を細め咀嚼する。

「うー、これこれ。これっすね秋は。焦げ目のついたパリパリの皮と程よい塩気、脂の旨みたっぷりのさんま。かぼすの爽やかな香りと大根おろしが、これほど合う魚も無い。そして合間にすする赤だしの味噌汁が最高にいい仕事してるっす」

今度はさんまの身と、栗おこわを一緒に。時折見せる「くうっ」って感じの目のすぼめ方は、愛嬌があってかわいいなあ。

春日もそうだけど、狸のあやかし特有の柔らかい雰囲気って私は結構好きなのよね。

「春日もよく、葵さんの美味しい料理を食べると、毎日元気に働けるって言ってたっす」

「春日が？」

「ええ、はい。あいつ、天神屋で働くことが好きみたいでしたから。あれで、最初はここで働くことを嫌がってたんです」

「……そうなの？　でも、確かに不思議ね。春日ってかなりのお嬢様なんでしょう？　どうして天神屋で仲居をしているの？」

「……それは」

千秋さんは少しだけ視線を落とし、「春日の婚約者となったもののことを、どれくらい知っていますか？」と私に尋ねた。

先ほど常連の寿治郎おじさんがおいていった新聞を取り出して、千秋さんの前に置く。

「この写真の子が、次の北の地の八葉だって聞いたわ。春日の嫁ぎ先なんでしょう？」

「ええ、はい。キヨ様です……ずいぶんと立派になられた」

千秋さんは新聞に載る少年を見て、何か安堵した様に、眉を寄せ微笑んだ。

「知ってるの？」

「もちろん。この子も幼い頃はずっと文門の地に居ましたから。病気がちで、うちの大病院で療養していて……」

また少し食べてから、千秋さんは「昔の話をしましょう」と再び語る。

「北の地の新たな八葉・キヨ様と春日は、文門の地で幼少期を共に過ごしました。春日は勉強嫌いだったので、学校を抜け出しては、病院や図書館に隠れて大人を困らせてたっす」

「今の春日はとてもしっかりしてるし働き者だから、あまり想像できないわね。でも子供ってそんなものかしら」

「あいつのイタズラは、子供にしちゃあかなり悪知恵の働いたものだったんすよ。俺はその頃、いつも春日に手を焼いてました」

「ふふふ」

千秋さんが小さな春日を追いかける様子は、思い浮かべるだけでなんだか微笑ましい。

「春日が逃げ込んだ先の病室で出会ったのが、キヨ様でした。キヨ様と春日は歳が近いのもあって、すぐに仲良くなったっす。キヨ様が本をたくさん読むので、春日はそれに感化されて本を読むようになったし、勉強も少しずつ頑張るようになって……。特にキヨ様は現世(うつしよ)に興味があって、現世の文化や歴史、そういった本の内容を二人して語ったり、想像をして楽しんでいたっすね」

千秋さんの表情が徐々に変わる。話を聞いているだけなら、とても微笑ましい子供時代の思い出に聞こえるが、それだけではないのだろうか。

「春日は、キヨ様に淡い恋心を抱いているようでした。しかしキヨ様は、ご自身の病のこともあって、自分の命はそう長くないと考えていた様で。ある日、春日とキヨ様が、病室を抜け出し、二人で勝手に現世へ行ってしまったことがあったっす」

「え！　そんなこと可能なの!?」

「現世へ行くのに必要なのは、八葉が発行した通行札っす。春日は悪知恵を働かせ、自分の祖母である院長から、こっそり通行札を盗んだ。とんでもない悪ガキっす。しかし春日は、どうしてもキヨ様を、現世に連れて行きたかったんでしょうね……」

その後の顚末を聞くと、春日とキヨ様は、二人で現世を彷徨い、約三日後に捜索に出た文門狸たちに発見されて連れ戻されたらしい。

キヨ様は体が弱かったこともあり、その後著しく体調を崩した。

春日はきつくお叱りを受け、もう彼に会うことすら許されなくなったのだとか。

その後、春日は罰として天神屋での奉公をすることになる。

千秋さんがすでに天神屋で働いていたというのもあり、外の世界の厳しさを知ってこいと、八葉の院長ばば様とやらに命じられたのだとか。

よく動くしよく働く。

だからみんな、春日にあれこれ頼みごとをしたり、使いっ走りにしたり……

だけど、春日にこんな事情があったなんて知らなかった。

お嬢様だと知って、皆が驚いたのも無理はない。春日はその身の上を、天神屋の中でも一部の幹部にしか知らせていなかったらしい。

「しかし天神屋で働くようになって、春日は少し変わった気がするっす。自分の行動に責任を持ち、また赤の他人に叱られながらお金を稼ぐために働くってのは、今までにない経験だったでしょうから。特にお涼さんとの出会いは特別でした。何もできなかった春日を熱心に育てたのは、まだ若女将になる前のお涼さんでしたから」

「へええ。それで春日、今でもお涼のことをお涼様って呼んでるのかな」

「そうでしょうね。お涼さんの傍若無人っぷりに付き合っていれば、まあ春日でも大人になるしかないというか」

「た……確かに」

お涼が春日を育てたのか、お涼を反面教師に春日が成長したのか……

私が隠世に来た時のことを思いだす。若女将を降格させられ、お涼が熱を出したところを、春日がここに連れてきた。

あの時はなんとも思わなかったけれど、春日だけは、あの件があってもお涼のことを見捨てなかったんだな。

「幼い日の事件があって、春日はここにいます。あれから春日がキヨ様に会ったことは一度も無かったのですが……こういうのが運命って言うんすかね。あのキヨ様が北の八葉となり、春日がそこに嫁入りする。一度引き離したくせに、今度は無理やり婚姻を押し付けるのだから、大人というのは勝手な生き物だ。お互い幼馴染みとはいえ、複雑な思いを抱いていることでしょう」

「…………」

春日の、あの表情や言葉の意味を、やっと少しだけ理解できた気がした。

初恋の人と結婚するなんて微笑ましいが、ただそれだけでは済まない事情もありそうだ。

心配だ。私は春日の友人なのだから。

自分がここへ来た時は、天神屋の誰かの幸せを祈り、また誰かを見送る寂しさを抱くなんて、夢にも思わなかった。

「春日は、やっぱりここを出て行くのね」

「そうっすね。婚姻の話は、おそらくこのまま進むでしょう。それ以外に、北の地が安定する道はありませんし、春日も自分の立場をよくわかってるみたいっすから。でも大変なのは嫁入りしてからでしょうね。葵さんだって、ここへ来てからが大変だったでしょう？」

千秋さんに顔を覗き込まれ、問われる。確かに、私もここに来てからが……

「って、私はまだ大旦那様に嫁入りしてないわよ！」

「あはは。春日の言ってた通り、定番のつっこみみたいっすね」

「わ、笑い事じゃないわよ」

手を叩いてほのぼの笑う千秋さん。

やがてその笑顔は、誰かに向けられた心配と愛情を滲ませる。

「葵さん。葵さんのような友人がいることが、春日にとっては救いっす。もし、あの子がこれから……葵さんに何か助けを求めるようなことがあったら、お願いです。助けてあげてほしい」

「…………」

「葵さんと春日は、のちに近い立場になるでしょう。八葉の嫁……それは、表舞台に立たずとも裏で大きな役割を担う存在。隠世の、大妖怪の妻ですから」

彼があまりに真面目な表情で頼むものだから、「いや私まだ大旦那様の嫁じゃないし」というおきまりのつっこみを入れることもできなかった。

むしろ……

「あー。葵しゃん泣いてるでしゅかー」

どんぐりを転がして遊んでいたチビが、ぴたりと動きを止めて私を指差す。水かき付きおててで。

「ちっ、違うわよ。目に七輪の灰が入ったの！」

「えっ⁉　葵さん……すみません、俺なんか変なこと……っ」

「ち、ちが……っ」

なぜだか涙が出てくる。

目がチクチクして痛いのは、七輪から飛んできた灰のせいだと思うけれど、同時に言いようのない情けない思いに襲われたのだ。

春日は覚悟を決めているのに、私はあまりに自覚も無く、隠世で好き勝手にさせてもらっていたのだ、と。

春日が笑ってこの天神屋を出て行けるよう、私にできることはあるかな。

彼女が北の地の八葉の妻になった時、私はここで、何が……

「あ、あの、葵さん泣かないでください」

「葵しゃんー。葵しゃん泣いたらブスになるでしゅー」

「ええい、泣いてないって言ってるでしょっ！」

慰めモードの千秋さんと、慰めるついでに一言多いチビ。

私が意味不明にめそめそしてしまったので、戸惑っているのだろう。

特に千秋さんは、自分があれこれ言ったせいだと思って、焦っている。

屈んで視線の位置を合わせ、「すみません、大丈夫っすか？　すみません」と、手ぬぐいを差し出すのだ。

よく気を使う気さくな好青年で、こりゃお涼の言う通り、確かにモテるだろうなーとか、目をこすりながら頭の隅で思ったり。でもこれさっきチビのよだれ拭いてたやつ……

「葵さん、お疲れ様でー……」

こんな場面を、ちょうど夕がおにやってきた銀次さんに見られてしまった。

「…………」

銀次さんは笑顔のまま無言になり、スタスタと千秋さんのところへ。

「おやあ千秋。どうしてこんなところに？　というかなぜ葵さんを泣かせてるんです？」

彼の首根っこあたりの襟を掴んで、目元に影を落として凄むのだ。

千秋さんは「あの温厚な若旦那様がめっちゃ怒ってる！」と青ざめ、途端に茶色の可愛い狸姿に。

びっくりしたりおびえたりしたら狸になるなんて、やっぱり春日と似てるなあ。

おかげで涙も引っ込んだ。

「銀次さん大丈夫よ。ちょっと目に灰が入っちゃっただけだから。千秋さんは気遣ってくれていたのよ」

「そ……そうなんですか？　すみません私ったら。ちょっと勘違いをしてしまって……」

何をどんな風に勘違いしたのか、銀次さんはなぜか頬を染め、耳を垂らす。

「あっ！　そうだ銀杏！」

「あ！」

私と千秋さんはその存在と、本来の目的を思い出した。

私ってば千秋さんにお料理を出すことに夢中になって、忘れてたわ。

「ああ、もしかして裏山の大旦那様たちに、ですか？　ちょうど私も、裏山へ行くところでした。酒と大きめの手ぬぐいを持ってきてほしいと、鬼火を飛ばしてきたので」

「酒と手ぬぐい……？」

「せっかくなので、七輪を持って、皆で裏山に行きましょう。その場で銀杏を焼いて、皆さんに振る舞った方が風流です。きっと良い月見酒の肴になるでしょう」

「わあ、それって素敵！」

銀次さんの提案に、私はすっかり舞い上がる。さっきまであんなにめそめそしてたのに、お料理のことになるとこれだから。


天神屋の背後にある裏山には、温泉卵を作る施設や、露天の温泉、足湯、また夏場に人気の野外炊飯場など、様々な場面で活用できる充実した施設が備わっている。

大旦那様は、そんな裏山で天神屋創設時メンバーである白夜さんと砂楽博士と共に、何やら話し合いをしているというのだが……

「あれ、いつもと違う道ね」

普通は整った竹林の道を進み、上へ登っていく。

管子猫たちがわらわら出てくるあの竹林を通るのだと思っていたのだが、今回は竹林の手前で細い道を曲がり、古い地蔵と灯篭が並ぶ、舗装されてない森の小道を通った。

「今回竹林は通りません。そこは天神屋の施設というよりは、昔から天神屋幹部の秘密基地って言われている場所なのです」

「へえ、秘密基地！」

「とはいえ、別に出入りを禁じているわけじゃないですけどね。子供の秘密基地のような雰囲気があるので、そう呼ばれているだけで」

それはそれで、期待感が増す。童心がくすぐられるというか。

「今の季節はかなりいい感じっすよ～。ねえ銀次さん」

「ええ……葵さんも、気にいると思います。なんというか……キラキラしています」

「キラキラ？」

千秋さんや銀次さんの言っていた通り、地蔵小道を抜けると、そこは……

淡い白金の穂を揺らす広大なススキ野原だ。月の浮かぶよく晴れた夜空の下、静寂に支配された神秘的な光景が、ここにはあった。

「わああああああっ！　すごい！　ススキだ！」

中庭でちょこちょこ生えているススキは見ていたが、どこまでも広がるススキ野原を見たのはこの秋初めて。

隠世のススキは特に穂がふわふわしていて、確かに淡い光を抱いて見える。

少し風が吹いただけで光が宙を舞い、ぽっかり浮かぶ十五夜お月さまに、その光が吸い込まれていく……心動かされる情景だ。

「隠世の子供たちは、ススキ野原の中に秘密基地を作って遊ぶんっすよね～。俺も故郷でよくやったっす」

「大旦那様たちも、このススキ野原の先にある古い社にいると思いますよ。あそこには自然と湧き出した霊力純度の高い温泉や、昔使っていた地獄蒸しの設備もあって……」

先頭を行く銀次さんの案内で進むと、どこからか笑い声が聞こえてきた。

この笑い声は、千年土竜(せんねんもぐら)のあやかし・砂楽博士のものと思われる。

柔らかなススキ野原を抜けると、そこはもくもくと湯気の立つ……あれは温泉？

「…………」

なぜか裸になって、その天然温泉に浸(つ)かる、大幹部三人。

突如現れた、想像もしてなかった景色に、私はただただ絶句。

「いやー、やっぱり月と温泉と酒、これ最高！　久々に地上に上がってきたかいがあったなあ。十五夜万歳！」

なんて、酒瓶を岩の出っ張りに起き、おちょこを掲げて温泉に浸かっている砂楽博士。

「全く。あまり飲み過ぎるな砂楽。湯船で酒を飲むのは体には良くない。お前というやつはいつもいつも地下に篭(かご)ってばかりのくせに、いざ地上に出ると好き勝手ばかり」

などとお澄まし顔でくどくど注意をしつつ、手ぬぐいを頭にのっけた温泉満喫スタイルの白夜さん。

「まあまあ白夜。久々の裸の付き合いなんだ、飲んで語って、大事なことだけ決めてしまおう。さあ、今宵の十五夜にかんぱー……ってわああっ、葵!!」

大旦那様もすっかり出来上がっていたが、ススキ野原の境目に突っ立っている私にやっと気が付き、バシャバシャ温泉を叩いて大慌て。

ついでに砂楽博士が「ぎゃああああああ」と野太い悲鳴を上げ、白夜さんは冷静だが「覗きとは破廉恥な」と半ギレ。

「いやいや、つっこみたいのはこっちだから！　なんで裏山の綺麗なススキ野原抜けて、男どもの入浴シーンを見なくちゃならないのよ」

「あ、葵……もしかしてお前も、僕と一緒に風呂に入りたいのか？」

「なんでそうなるのよ、なんでそうなるのよ大旦那様」

大旦那様のボケに全力でつっこんだり嘆いたり。

「あ、あの、ここに新しい手ぬぐいがありますから、どうぞお使いください！」

銀次さんがここぞと彼らに、温泉から上がって服を着るよう促す。

「私ススキ野原の中にいるから」

私は特に乙女らしく照れたり恥じらうこともなく、そのまま反対側を向いて待機。

「お、お見苦しいものをお見せしたっすねー葵さん」

苦笑いでこちらのフォローをしてきたのは千秋さんだ。

上司の裸を見苦しいものと言い切った千秋さんもなんだか凄い。

「別に。おじいちゃんの背中も散々流してきたし、慣れてるわ」

「……え」

「え、なにそのドン引き顔。……ん？」

ぎょっとした千秋さんの顔越しに、ひっそりと佇む東屋のようなものを見つけた。

「あれなんだろう」

気になって近寄る。そこには連なった釜のようなものがあり、丸い木蓋からは湯気が立っている。何か蒸しているんだろうか……。

「ああ、それは地獄釜っすよ。ここのはほとんど使われてないっすが」

「じ、地獄釜って？」

「温泉の熱い水蒸気を利用して食材を蒸し上げる釜のことっす。温泉の成分が含まれた蒸気で蒸した料理は、それはそれはよく火がとおって美味いっす。それに、ここだけの話。ここ天神屋の地下から湧いて出てくる温泉の蒸気で蒸したものは、成分のせいかなかなか腐らないとか」

「へえ……なかなか面白い話ね」

やがて「葵さんいいですよっ！」という銀次さんの掛け声で、私は皆の前に出て行った。

さっきまで三人が浸かっていた天然の温泉を横目に通り過ぎ、もう少し進んだ先にある小さな社に上る。

「やあ葵、よく来たね」

そして何事もなかったかのように、いつもの威厳たっぷりの格好で座っている大旦那様を見つけた。酒瓶を抱いたまま黒い丸メガネを光らせ笑う砂楽博士と、扇子を口元に当て粛粛としている白夜さんも。

しかし大幹部三人、並んで湯上りほっかほかなのがつっこみどころ。

「こんなところでなにしてるの？　三人で温泉に入りに来たの？」

「い、いや。やはり春日のことで話し合いをしていたんだ。気がつけば温泉に入ろうってことになったのだが……これには砂楽が、酔った勢いで白夜を温泉に突き落としたことから始まった、深い事情があってな」

「白夜さんを温泉に突き落としたっていったい」

その時点で私は震えが止まらないが、大旦那様は白夜さんの咳払いで、話を切り替える。

「春日は今月いっぱいで天神屋を退職することになった。これは春日が自分で選んだ道だ。天神屋としては、もう春日の嫁入りが上手くいくよう、影で支えることしかできない」

「…………」

「……寂しくなるな、葵」

大旦那様は私の表情の変化を読み取ったのか、眉根を寄せ、私に微笑む。

私は素直に、コクンと頷いた。

「しかしこれで、八葉にあった唯一の懸念が消える。黄金童子様の思惑通り、中央集権と八葉制廃止を唱える左大臣派が、少しは大人しくなるだろうか、白夜」

「ふん。右大臣の後ろに黄金童子様がいらっしゃるように、左大臣の後ろには雷獣がいる。奴がこの展開を面白くないと思えば、何か派手に動くかもしれんがな」

雷獣、か。大旦那様や白夜さんは、春日の嫁入りに伴い動く、この隠世の政治的な話をしていて、私はそこのところがよくわからないのだが……

雷獣が動く、という言葉には、少なからず不安を抱く。

社の出入り口で七輪の炭火を焚き、銀杏やその他秋の味覚を炙りながら、かつて雷獣に受けた仕打ちのことを思い出し、もんもんとした。

「大丈夫ですか、葵さん。煙たいですか？」

「ん？　いえ……そんなことないわ。銀杏美味しそうね」

銀次さんは一生懸命、団扇で煙を外側に扇いでくれている。

パチン、パチンと、銀杏の殻が弾けて割れる音が響く。

ああ、かすかに透き通って見える、銀杏の綺麗な緑がお目見えだ。銀杏って拾う時は臭いけれど、食べる時はどうしてこう魅力的に見えるのかしら。このギャップが銀杏の魅力。

磨けば光る、秋の宝石といっても過言ではないわね。ああ、食べたい……

「春日……機敏に動く働き者で、時に核心をつく。仲居として失うには惜しい妖材だ。孫娘が一人出て行くみたいでかなりさみしい」

と大旦那様。まるで春日のおじいちゃんみたいなことを言う。

ついでに大旦那様の少し後ろで控えていた、春日の父親代わりの千秋さんが、大旦那様の言葉に「うっ」と感極まって泣きそうになっている。

大旦那様がポンポンと彼の膝を叩いて、謎の慰め。

「春日の嬢ちゃんはねえ、よく地下にも使いっ走りでやってきては、売れ残ったおまんじゅうを箱ごと持って帰る子だったなあ」

ああ、春日がよく天神屋の売れ残ったおまんじゅうを持っていたけれど、あれは砂楽博士のところでもらったものだったんだ。

「しかしこれから、春日君の立場は変わる。天神屋としては後ろ盾となって、土産もたんと持たせて送り出さねばな。天神屋から八葉の嫁を輩出したというのは、悪くない話だ」

白夜さんは扇子を開き口元を扇ぎ、なぜかクスクス笑っている。

持たせる土産っていったい……

「あ〜、そうだ嫁御ちゃん！　土産といったら、土産だよ土産！　前に頼んでいた天神屋の温泉まんじゅう、そろそろ出来あがりそうかい⁉」

「へ？」
　この流れで砂楽博士が土産の件を思い出し、いきなり話を振られた。
　誰もが私に注目する。
「あ、あああえっと……今試作中よ、砂楽博士。秋祭りまでには完成させたいんだけど」
「あまり費用のかかる土産物は好ましくないぞ葵君」
「あら白夜さん。私の料理の基本は低コストよ。ただ、あと一歩何かが足りてないのよね
え……。普通のおまんじゅうでは新商品としてのインパクトに欠けるし、かといって奇抜
なものだと飽きられやすそうだし。秋祭りまでには、完成させたいんだけど」
　土産の話の途中、ふと私は思いついた事があった。
　そうだ。天神屋の新しいお土産作り……春日にも相談してみようかな。
　春日は天神屋のおまんじゅうをたくさん食べてきたし、天神屋にどんなおまんじゅうが
あれば良いか、参考になりそうな意見を持っていそうだ。何より春日がここを去る前に、
新作温泉まんじゅうを食べてもらいたい。
　さて。さっそく大旦那様に殻ごと炙った銀杏の小鉢を持っていくと、彼は「お」と一粒
摘み、焦げ色のついた殻を剥いて、緑色の実を口にした。
「ん、この銀杏うまいな」
「七輪で殻ごと炙ったの。殻ごと炙ると香ばしさが残るし、実がホクホクで、銀杏特有の

ほのかな苦味も美味しいわ。ふりかけた粗塩が効いてるでしょう？」

お料理というには簡単すぎるが、秋の味覚は、まず素材そのままを楽しむのが一番だと思っている。銀杏は特に、ちょっとのお塩でいただくのが絶品だ。

「みなさん、炙り松茸や、ホッケの干物もありますよ。ぜひお酒のおつまみにどうぞ」

銀次さんが、炭火で焼いたそれらを大皿に盛って、幹部が向き合って座る真ん中に置いた。これまた見ているだけで唾液が出てくる、秋の絶品揃い。

「君も座りたまえ、若旦那殿」

白夜さんに酒を勧められている銀次さん。彼は待ってましたと言わんばかりの輝かしい表情で、酒盛りの輪に入る。とにかくお酒が飲みたかったみたい。

「葵も、もうゆっくりおし。夕がおの営業の後に仕事をさせてすまないね」

「ん？」

「……手も、あかぎれだらけだ。年頃の娘だというのに、よく働いてた者の手だな」

気遣う言葉を並べ、体をこちらに向け、さりげなく私の手を取る大旦那様。

さっきまでいつもの通りに会話をしていたが、そういえば……

あの果樹園デート以来、久々にまともに顔を合わせた気がして、私はなんとなくドギマギしてしまった。あからさまに顔を背け、触れられていた手を引っ込める。

「そ、そりゃ、食事処をしてるんだもの。最近少し寒いし、手だってボロボロになるわ。

でも今日はお客さんが少なくて……体を動かし足りないと思ってたところよ」

「あはは。葵はやはり働き者だな」

大旦那様はごくごくいつも通り。私だけが変に意識しているみたいだ。

「そうだ。美味い甘酒を手に入れたんだが飲むかい？　アルコールなしの、無添加だ」

「なにそれ。飲みたい」

さっきまでツンツンしていたくせに、美味しい甘酒というフレーズにコロッと態度の変わる私。千秋さんが気を利かせて、社の祭壇の前に並べて置いていた甘酒の瓶を一本持ってきてくれた。

立派な品だとわかる高級感のあるパッケージで、私のワクワクは最高潮。

焼き物のぐい呑に、大旦那様がとくとくと甘酒を注いでくれる。

甘酒特有の、少しくすんだ乳白色のとろみを覗き込み、上澄みに残る米麹に「おお……」と目を光らせる。

「天神屋が世話になってる、オロチの営むエビツ酒造の品だ。今年の新米で作られたばかりで、まだ店にも出回っていない貴重な商品だよ」

大旦那様に勧められるがまま、私は一口飲んでみる。

ああ……なんてほっとする味。

甘すぎず、変なクセが全くない、飲みやすい甘酒だ。つぶつぶした食感が残っていて、家でつくる手作りの甘酒みたいでとても美味しい。私このつぶつぶ好きなのよね。

だけど手作りでは出せない、深い味わいがよくわかる。

「すごい……甘酒ってもっとクセのある印象だったけれど、これはその真逆ね」

「無駄なものを一切使用せず、米麹の甘みだけで味をつけているんだ。だから甘酒特有のクセが好きな者には物足りないかもしれないが、僕はこの優しい味が好きで、毎年、この時期に甘酒が作られると、個人的に注文をしてしまう。体にも良いと聞く」

「へぇ。大旦那様、甘酒は好きなんだ。甘いかぼちゃは嫌いなのに？」

「あ、甘酒とかぼちゃは全然違うだろう……。かぼちゃはほら、煮物だと少し喉に詰まりそうな時がある。甘くてねっとりというのが、その、僕は苦手でね」

スイーと横に目を逸らしながら、言い訳をする大旦那様。

「だからって人の小鉢にこそこそ入れるのはどうかと思うぞ、大旦那様」

「白夜！　そんなかっこ悪いことを葵に暴露するな！」

大旦那様はわーわー言っているが、前にそれ銀次さんから聞いたことあるから……

一方、銀次さんはすっかりお酒に夢中だ。白夜さんによって杯に注がれる度に、九尾をわさわさ動かしながら、すごい勢いで飲み尽くしている。まるで椀子そばみたい。

「僕も甘酒を飲もうかな」

「ああ、なら私が注ぐわよ」

今度は私が、大旦那様に甘酒を注ぐ。

その様子をまったりじっくり見つめていた砂楽博士が、「ねーねー」と意味深なにやけ顔。

「嫁御ちゃんがそうやって大旦那様にお酌をしていると、なんだかもう本当の夫婦のようだねえ。春日の嬢ちゃんのついでに、こっちも籍を入れてしまえばいいものを」

「へ？」

「うむ。一理あるな。春日君を見習い、葵君はそろそろ覚悟を決めたまえ」

「えええええ」

白夜さんまで。私は二人の大幹部から猛烈な圧力を感じ、すっかり縮こまる。

ねえ、全国の結婚適齢期の娘さんが両親に結婚を催促される感じに、これって似てる？

「こら、やめろお前たち。僕はもう、葵に無理強いはしたくないんだ」

「え？」

「僕は……葵が僕を夫にしても良いと思えるまで、いつまでも待つよ」

「………」

なに、このしおらしい大旦那様。

ちびちび甘酒を飲みながら、憂いたっぷりの顔をして。

前は、いつまでも待っているつもりはないと、言っていたのに……

大旦那様にその意図があったのかはわからないが、押してダメなら引いてみろと？
それかもしや、大旦那様にはもう、私を嫁にしたいという強い意志はないとか？
グッときた一方で、よくわからない謎の不安にかられる。
私……ここ最近、情緒不安定だわ。

第七話　天神屋の温泉まんじゅう（上）

「ねえ葵ちゃん、何かやることない？」

「ん、春日？」

十五夜の数日後、夕がおに春日がやってきた。

出勤前の時間帯だが、春日はどこか憂鬱顔で、カウンター席に座り込む。

「みんなあたしに仕事をさせてくれないんだ。あたしが右大臣の娘だから、休んでいていいよって。怪我されたらたまんないって女将様まで。はあ、暇すぎてたまんないよ」

「ああ、そういうこと」

「あーあ。今まで散々こき使ってくれたってのにさ。お涼様とも喧嘩しちゃった」

「お涼と？　なんで⁉」

「お涼様、なんか変なんだよ。北の地に嫁入りするのなんてやめろって、ワーワー言うんだ。そりゃあ無理だよって言うと、すねちゃって話しかけても無視するんだ。あたしが先に結婚するのを恨んでるのかな」

「…………」

お涼の場合、寂しいだけなんじゃ……

でも今月末で天神屋をやめる春日にとって、仕事を任せてもらえないのは寂しいわよね。

「そうねえ。なら夕がおで働くってのはどう？　ちょうどうち、人手不足よ」

「そんな私がいますよう葵さまー」

「あはは。アイちゃんはまだデビューしてないでしょ」

厨房で仕込みの手伝いをしてくれているアイちゃんが、ぴょこっと顔をのぞかせた。

オリジナルの姿を手に入れたアイちゃんだが、やっぱり眠気に襲われる時があるので、まだ接客はさせていない。

春日が手伝ってくれると、うちとしては助かるんだけど……

「でも春日は、最後まで仲居でいたいかしらね」

「……んー。そういう気持ちが無いわけじゃないけど、今は居場所がないしなあ。わかったよ、葵ちゃんのところで働く」

「よかった！　なら春日はうちの新米さんね。といっても、もうすぐいなくなっちゃうのよね……春日」

「ああもうっ、葵ちゃんまでしんみりしないでよ！　天神屋をやめるって言っても、嫁入りが失敗して出戻りするかもしれないじゃん～～」

「……そんなことってあるの？」

「あったら困るけどね。でも何があるか、わからないじゃん」

「…………」

春日は何を心配しているのだろう。頬杖をついて、今ばかりは別のことを考えている。

「あ、そうだ！　春日、一緒に天神屋の温泉まんじゅうを作らない？」

「温泉まんじゅう？　あの黒糖味のもそもそした温泉まんじゅう？」

「いいえ、天神屋は新作の温泉まんじゅうをご所望よ。だから私が試作中なの。ちょっとこっちきて。あ、割烹着そこ」

春日に予備の割烹着をつけてもらい、いざ厨房へ。

ちょうど作ろうとしているおまんじゅうの材料を揃えていたところだ。

新米で自家製した米粉、酒種、ここ鬼門の地の特産物である食火鶏の卵。手作り餡子を玉にして並べたもの。あとは、北の地から取り寄せた牛乳とクリームチーズ。

「葵ちゃん、これで何を作ろうとしているの？」

「米粉の蒸しまんじゅうって言えばいいのかな。実質蒸しパンではあるんだけど。春日のほっぺたみたいに、ふわふわもちもちしていて柔らかいやつ」

「あ、いまあたしのこと丸い狸顔って言ったね！」

「いやそこまで言った覚えはないけど……」

というか正真正銘狸なんだから狸顔で何も問題ないんじゃ……？

春日は頬を一層膨らませている。

「葵さん、おはようございます。今日の定食なのですが――……あれ、春日さん？」

今日の夕がおで出すお料理の確認に来た銀次さん。午前中から春日がここにいることに、驚いたみたいだ。

「ああ、銀次さん。あのね、今から春日はうちの新米従業員なの」

私は銀次さんに、かくかくしかじか、事情を説明する。

「ああ、なるほどですねえ。確かに仲居の皆さんでは、春日さんに遠慮をしてしまうのは無理もないかもしれませんね。嫁入り前の大事なお身体ですし」

「あたし頑丈だし、別に今まで通りでいいのに……」

「わかりました春日さん。では、天神屋勤務の終日までこちらのお手伝いに回る形で私が話をつけておきましょう。今まで、天神屋の仲居が夕がおのお手伝いに回る事もありましたから、おかしな話ではありませんよ」

「………」

春日はコクンと頷いた。

多分、本当は、最後まで仲居の仕事をしたいんだろうけれど……

お涼ったら、本当はこういう時こそ春日を支えなければならないのに、いったい何を拗ねているんだろう。お涼に会ったら、少し聞いてみなくちゃ。

「よし！　なにはともあれ今はおまんじゅうよ。温泉まんじゅう！」

私はパンと手を合わせ、テキパキと襷がけをする。

「ねえ銀次さん。あの〝秘密基地〟にあった地獄釜って、使ってもいいかしら」

「地獄釜ですか？　ええ、それは構いませんよ」

よし、と一人拳を握りしめる。

許可をもらったところで、まずは下準備だ。

調理は簡単。作る蒸しまんじゅうは二種類の味で、《たまご》と《チーズ》。

《たまご》はまあ、プレーン味。

食火鶏の卵、牛乳、油などを加えて、なめらかになるまで混ぜ、そこに米粉、ベーキングパウダーの代わりに酒種を加える。粉っぽさが無くなるまで、またしっかり混ぜる。

《チーズ》には北の地から取り寄せたクリームチーズを使用。柔らかくなるまで金魚鉢型のミキサーにかけ、《たまご》で作った生地に混ぜるだけ。

この二種類の生地を、手分けして作った。

水分量の多い生地なので、蒸すにはそれぞれ型に流し入れる必要がある。

しかし現世で便利なカップがここには無いので、とりあえず小さな茶碗蒸しの器を代用し、《たまご》の方にだけ餡を入れる。

「葵ちゃん、《チーズ》の方に餡は入れないの？」

「そっちはクリームチーズを混ぜた生地の味を楽しんでもらう、餡なしのおまんじゅうよ」

餡子ぎっしりのおまんじゅうも美味しいけれど、今作ろうとしているのは、それ以上に生地の食感と味を楽しめるもの……

「あとはこれを……地獄蒸しにするだけ……ふふふ」

「葵ちゃんの顔こそ地獄の鬼みたい」

「お料理の鬼ですからね、葵さんは」

さすがは鬼嫁、と春日と銀次さん。いや何も聞こえない聞こえない。

さあて。私たち三人は、この茶碗蒸しみたいな蒸しまんじゅうの素を抱え、裏山にあるあの秘密基地へと向かった。

ススキ野原を前に、ちょっと落ち込み気味だった春日のテンションは上がる。

「すごい！　天神屋の裏山にこんなところがあったんだね！」

「私も数日前、初めて知ったのよ」

ススキ野原と春日もまた、やはり絵になる。秋に映える。さすが狸。

ススキ野原の真ん中にぽっかり穴が開いたように存在する天然温泉と、その向こう側にある小さな社。

その隣にある東屋の地獄釜で、温泉まんじゅうづくりだ。先日はこの社の上で甘酒を飲んだが、今日は違う。

「うわあ……熱いっ」

「気をつけてください葵さん。百度を超える熱湯の湯気が噴き出していますから」

大きなザルに茶碗蒸しの器を並べ、慎重に地獄釜に入れる。

あとは木蓋（きぶた）を閉めて、蒸しあがるのを待つだけだ。

「蒸しあがるまで三十分くらいか。ススキでも摘もう。夕がおに飾ると秋っぽいかも」

なんて、待っている間にススキ摘みが始まる。

春日は野生が目覚めたのか、ボフンと小狸姿になって、ススキ野原を駆け巡る。

どこ行ったかなと思ったらススキの隙間からポンと現れ、消えたと思ったら違う場所からポンと顔を出す。こんなに可愛い小さな狸が、もうすぐお嫁に行ってしまうだなんて……

「ついでに銀次さんも狐になって駆け回ったら？」

「えええっ。私はいいですよぉ～」

なぜか照れている銀次さん。

ススキの似合いそうな狸と狐の共演が見られると思ったのだが……

「ああっと、蒸しまん蒸しまん」

ススキ野原で駆け回る春日をのんびり見ているだけ、というのがあまりに心地よく、忘れかけていた。

本命はこっち。地獄釜の木蓋を取ると、甘い香りと共にもわもわと湯気が立ち、中から
ふんわり黄色の綺麗な蒸しまんじゅうが現れる。

茶碗蒸しの器から溢れそうなほど、丸くこんもり膨らんでいる。

なんとまあよく蒸された、美味しそうな炭水化物……

「美味しそ〜、葵ちゃん、早く食べたいよう」

春日がポンと人間の姿に戻り、私の袖を引っ張って催促。

アルミや紙の使い捨てカップであれば、簡単にかぶりつけるところだが……

茶碗蒸しの器で作ったので、熱いのを注意しつつ断面に細いナイフを入れくりぬく。これを三人で割って、まだあったかいままを口に放り込んだ。

まずは《たまご》から。

「うっわーふわふわもちもちー」

思わず、誰もがそこに注目。ふわっ、そしてもちっとした食感に、まずは衝撃を覚えるのだ。

「米粉で作ったからよ。米粉で作ったパンや蒸しまんじゅうは、こんな風にもちもち感が際立つの。隠世のあやかしはお米が大好きだから、小麦粉で作るよりこっちの方がいいかなって。特にこれは、鬼門の地のブランド米〝おにほのか〟の米粉を使用しているし、お土産感もあるでしょう？」

「ああ、それはとっても大事なことですよ。地産地消。いいですねえ、卵の香りもちゃんと残ってますし。食火鶏はいわずもがな、この土地の特産物ですし。調理過程はいたってシンプルで、地獄蒸しする過程も地下工房ですと簡単にできます。大量生産する土産物として現実離れしているものや、費用のやたらとかかるものは難しいでしょうから」

銀次さんは以前そういうもので失敗した経験があるのか、苦い顔をしていた。

「ねえ葵ちゃん。チーズが入ったほう、食べてみてもいい？」

「ええもちろん。そっちはね……まあ私の提案って感じなんだけど」

《たまご》の評判が良いだろうというのは、ある程度予想していた。

だけどこれだけでは、新商品としてインパクトに欠けるのではという懸念もあった。

そこで、隠世ではまだメジャーではないけれどじわじわ広まりつつある、チーズに目をつけたのだ。

特にお菓子作りにはクリームチーズ。隠世でも手に入ってよかった。

「最近、私は何かとチーズをよく食べる気がするんだけど、隠世ではまだ一般的な食べ物とは言えないでしょう？　でもここは酪農が盛んな北の地と隣り合っているし、隠世のあやかしにもっとチーズの味を知ってもらいたいと思って。チーズ蒸しパン、私よく現世で作ってたの」

コンビニパンとしてもお馴染み。チーズスフレにも似たお菓子。

あやかしに受け入れてもらうことはできるだろうか？

「うわあ……さっきのと近い味かと思ったら、全然違う。コクと、少し酸味があるね」

「優しく直球な味だった《たまご》とは違い、クリームチーズ特有の風味がしっかり生地に溶け込んでいますね。これは美味しい。確かに、一風変わった天神屋ならではのお土産になりうる一品です。それになんだかクセになりそうで……そういうの大事ですから」

春日と銀次さんは興奮気味に味わっている。この二人には受けが良さそうだ。

「とはいえ、大博打なんだけどね。チーズの味が避けられがちだったら、こっちは期間限定とかでもいいかも」

「そういう展開もありといえばありですよ。この《たまご》の生地をベースに、季節ごとで期間限定の味を出すのです。生地だったり、餡だったり、味に変化をつけて。そういうことが可能なお菓子かと思います。ええ、これは期待できます。いけると思いますよ！」

銀次さんは何やら手応えを感じているようで、さっきから費用の計算や商品展開のあれこれを考えている。

春日はざるに手を伸ばし、自分で茶碗蒸しの器から焼きたての生地をくりぬいて、ちぎってはロにし、ちぎってはロにし、幸せそうにもぐもぐと口を動かしている。

《チーズ》が特においしいお気に入りみたい。

「地獄まんおいしいねえ」

「地獄まん？　なんだか物騒なネーミングね……」

地獄釜の蒸しまんじゅう、略して地獄まんか。

しかし銀次さんはこのさりげない単語を聞き逃さなかった。

「それいいかもです！　キャッチーですし鬼門の地らしさもありますし。土産の箱のパッケージも作りやすそうです」

「そ、そう？」

確かに言いやすいけど、可愛くて優しくてひよこみたいな愛らしさを想像して作った私としては、あまりに物々しい命名にちょっと戸惑う。

「地獄まん、かあ」

しかし春日は、自分が名付けたお土産を掲げ、愛おしそうに見つめている。

春日が嬉しそうだし、これはこれでいいのかも……

「ねえ葵ちゃん。これどんな形にして売るの？　さすがに茶碗蒸しのお碗に入れて売るわけじゃないでしょ？」

彼女の素朴な疑問に、私は「それよ」と人差し指を立てた。

「一番の課題だわ。今回は茶碗蒸しの器で作ったけれど、本来はアルミの容器や、薄っぺらい紙の容器で作るものなの。隠世じゃあ簡単には手に入らないかも」

「……ならば一つの形を決めて、器を自社開発しましょうか」

「へ？　そんなことができるの？　銀次さん」

銀次さんは自信満々な顔で「ええ」と言い切った。

「我が天神屋は、地下に大規模な工房があります。現世に似たようなものがあるのなら、砂楽博士がちゃちゃっと研究して、鉄鼠たちが一晩で作ってくれるでしょう」

「え、地下工房のひとたちすごい。なら今から行って、頼んでみましょう」

私はせっかちな提案をしたが、銀次さんはどうやらもう時間が無いらしい。

「私も一緒に行けたらよかったのですが、今から別の部署を回らなくては。うーむ、しかし葵さんだけで行かせるのは少し心配です。迷子になりそうですし」

あれ。私、銀次さんからも迷子になりやすいって認識されてるんだ……

「ならあたしが天地下に連れて行くよ若旦那様。使いっ走りで何度も行ったし」

「ああ、春日さんがいるなら安心ですね！　よろしくお願いします」

銀次さんは春日に私を任せ、ぺこりと頭を下げて、早足でこの場を去っていった。

「ねえ春日。ところで、天地下って何？」

「あのね葵ちゃん、天神屋の人たちはみんな、地下工房のことをそう略してるんだよ」

「ああ、そういうこと」

もともと新作温泉まんじゅうづくりは、以前天地下へ行った時に、砂楽博士に頼まれた案件だった。

せっかくなので、砂楽博士にも地獄まんの味見をしてもらいましょう。

「あ、あの〜砂楽博士」

「うーん、あー。誰〜？」

「あの、葵です。夕がおの！」

天神屋の地下工房、略して天地下を管理している〝開発部長〟の砂楽博士は、私たちがくると仮眠から目を覚ました。

前に来たことのある研究室の隅っこで、毛布にくるまって死んだように寝ていたので、それを揺り起こしたのだ。

「んー。よく来たね〜嫁御ちゃん。あ、春日の嬢ちゃんも！」

砂楽博士は黒いメガネをかけながら、私たちの顔を交互に見て確認。

起きあがり適当に白衣を纏い、ふああっと大きなあくびを一つした。

「もしや、新しい温泉まんじゅうが完成したのかい？」

「ええ。ただちょっと課題もあって、砂楽博士がそれを解決できると銀次さんに聞いたので、味見してもらうついでに相談したいなと思って」

春日が抱えていた笊を包んだ風呂敷を開き、「これだよ」と茶碗蒸しの器に入れて蒸した二種類のまんじゅうを掲げる。

「ふーん。隠世風カップケーキみたいな？」

「い、いいえ……器が無くて茶碗蒸しみたいに……というかそこが課題なんです」

とりあえず砂楽博士に使った材料の説明をして、それぞれを試食してもらった。

「うん！　うんうん！　これ凄く良いじゃないか。もっさりして不人気の黒糖まんじゅうとは正反対。軽くてふわふわもちもち。水気が多いから器が必要なんだね。チーズ入りなんて今時って感じするし」

「あたし、今のおまんじゅうのもっさり感も、そこそこ好きだったよ」

「春日の嬢ちゃん、それは多分愛着みたいなもんだよ」

砂楽博士は「うむうむ」と、おまんじゅうを何度かちぎって口にしてから、形についてこう提案した。

「一つを普通のおまんじゅうより一回り小さいサイズにして、一箱に数をたくさん入れられるようにしよう。普通の生地のおまんじゅうより、もちもちしてる分弾力があるから、小さいほうが食べやすい」

「確かに……もちもち系のパンやドーナツって、ちぎりやすかったり、小粒にされてるの多かったかも」

「それと、今は小腹を満たすくらいの大きさってのが受けが良いんだ。あんまり大きなおまんじゅうだと、半分残して後で食べる羽目になったり」

「ああ、あるある」

コクコク頷く、私と春日。確かに小さい方が、食べたい量を調整できるわね。

「あと、《たまご》と《チーズ》だと色合いが似ていて見分けがつかないから、見ただけで区別できるようにしたいところだ。カップの色を変えるといいかもしれないね」

砂楽博士は研究机をゴソゴソと漁って、あるものを取り出す。

なんと、現世で売っているような、蒸しパンやカップケーキを焼く際に使う紙の容器。

「嫁御ちゃんが欲しがっているのはこういうのだろう?」

「そうそう、これよ。どうしたのこれ」

「研究材料の一つだよ。現世から取り寄せた土産物の。取っておいたんだ」

砂楽博士曰く、蒸すことに耐えうる紙の容器を生産するのは、ここ隠世でも簡単らしい。すぐぺりぺりはがして食べられるよう、内側はツルツル、外側は柔らかい和紙のような手触りの容器を作ろうということになった。色は白と赤。とりあえず妖好みの紅白で。

砂楽博士がちょちょっと設計図を描いてしまう。そして……

「えー第三工房長、第三工房長〜〜至急、砂楽のところまで」

「はいでちゅ」

放送をかけると鉄鼠の工房長が扉を開け、すぐに現れた。作業着姿のままテチテチここまでやってくる。

「第三工房長、この設計図を基にこういう容器をつくってくれない？　白と赤。とりあえずあの紙作っといて、内側は霊力つるつるコーティングね。天神屋の温泉の蒸気にもたえられそうな感じでーこうでこうであーでこう。わかった？」

「わかったでちゅね、すぐ作るでちゅね」

鉄鼠の工房長は出された指示をすんなり受け入れ、研究室をテチテチ出て行った。

割と適当な指示だったと思うんだけど、今ので理解できたなんて凄い……

「ところで嫁御ちゃん。土産物にはつきものの賞味期限の話なんだけど、防腐剤なんかはどうする？　日持ちしないタイプの土産にするか、日持ちする土産にするかで、売れる数も味や質も変わってくるよ」

「それなんだけど、ちょっと静奈(しずな)ちゃんに相談してみようかなって。天神屋の温泉の蒸気で地獄蒸しすると、食べ物が腐りにくいと聞いたの」

「ああ……その話か。確かにせっかく地獄蒸しするんだから、その泉質は十分に利用したいよね。静奈の嬢ちゃんはちょうどこの下の、第五研究室にいるはずだよ。天神屋の地中深くからくみ上げられる温泉を利用した、様々な研究をしているんだ」

その話を聞いて、私たちは一旦(いったん)、静奈ちゃんのところへ向かうことにした。

天地下五階。

そこには地下からくみ上げた温泉を研究する、湯守の泉質実験場がある。

薄暗く、蒸し暑い。まるでどこぞの発掘現場のようだ。

白衣を着た研究者たちが、鈍く赤色に光るあやしい温泉を囲んで、何かを注いだり、かき混ぜたり、くみ上げたり、投げ入れたり。

あ、怪しい。なにやってるんだろう……

指示を出しているのは真面目な顔をした静奈ちゃんだ。

「まあ葵さん、春日、どうしてここに？」

離れた場所から覗いていた私たちに気がつき、彼女は笑顔で駆け寄ってきた。

静奈ちゃんの白衣姿、かわいい。

「静奈ちゃん、今何かの実験中？　ちょっと相談したいことがあるんだけど」

「あたしたちね、天神屋の新しい温泉まんじゅうを作ってるんだ」

私と春日がそう伝えると、静奈ちゃんは「まあ、新しい温泉まんじゅう！」と両手を合わせた。どうやら興味をもってくれたみたいだ。

「ここではなんですので、こちらへいらしてください」

そして、彼女専用のラボに私たちを案内してくれたのだが……

「汚くてすみません……っ」

「…………」

う、うん。確かにかなりごちゃついている。

砂楽博士のラボも大概だったが、まだあちらの方が整って見えるくらい、ここには物が溢れかえっていた。部屋が狭いってのもあるけど。

案外、自分の部屋の掃除はできない系女子なのかな……

「あ」

静奈ちゃんの研究机の上にちゃっかり飾られている、時彦さんの写真。

時彦さんは静奈ちゃんのお師匠様で、今は折尾屋の筆頭湯守をしている。

何かの雑誌の、折尾屋の特集写真を切り取ったのかな。

隣にいたと思われる葉鳥さんの顔が、三分の二ほど見切れている……

「で、ご相談とは？」

静奈ちゃんは私たちにお茶を出してくれた。

それをすすりながら、静奈ちゃんに新作まんじゅうの現状を話し、持ってきた地獄まんを食べてもらう。

「まあ、美味しい……っ！　これ、確かにうちの温泉の蒸気で蒸しあげていますね」

「わかるの？」

「ええ、風味というか香りで。よく知ってる、ここの温泉の味がします」

流石は湯守。私たちはかくかくしかじか、相談を続ける。

「このおまんじゅうを、地獄蒸しすることで防腐したい、ですか。確かに天神屋の地下から汲み上げられた温泉には硫黄の成分があり、殺菌作用があります。これが防腐の効果に繋がっているのですが……葵さんはどのくらい日持ちすることを希望されていますか？」

「そうねえ、せめて二十日くらい保てば、買って帰るお土産としてはちょうど良いと思うけど」

「二十日でしたらここ天神屋の温泉の蒸気に、効果を維持する泉術をかけるだけで可能かと思います。天然の防腐剤ですし、体に害もありません」

静奈ちゃんの話だと、温泉の殺菌作用を利用した薬の開発も、湯守の仕事らしい。

「防腐の効果を高める泉術は難しくありませんから、この湯守研究所の職員でも可能でしょう。ええ、ぜひ湯守の研究所も〝地獄まん〟の商品化に協力させてください」

「わあっ、ありがとう静奈ちゃん！」

「葵さんが発案し、春日の名付けたお土産ですもの。たくさんの方に長く愛されるお土産にしたいです……」

濡れ女である静奈ちゃんの笑顔が、みるみる崩れた。

白衣で目元を抑えて、弱々しい声で「寂しい」と漏らすのだ。

「春日が天神屋からいなくなるなんて考えたくないです。だって私、ルームメイトがいなくなって、一人になってしまいます……寂しいです～」

その言葉に、春日も思わず、目を潤ませる。

そっか。二人は女子寮の同室で過ごしたんだものね。

「私、本当は知ってたんです春日のこと。大旦那様に聞いてました。だから、春日のことを手助けしてやってほしいと頼まれていたのに、私の方が助けてもらってばかりで～。お部屋も、いつも春日が綺麗にしてくれて～」

「静奈ちゃん……」

春日は泣きそうになりながら微笑むと、静奈ちゃんを優しく抱きしめる。

「泣き虫だなあ静奈ちゃんは。幹部なのになんであたしと同室なんだろうって、ずっと思ってたんだけど、そういうことだったんだね……。あたし、また天神屋にくるよ。今度はお客として、静奈ちゃんの調節した温泉に入るんだもん。……部屋、ちゃんと片付けるんだよ」

静奈ちゃんはしばらくメソメソしていたが、やがて落ち着きを取り戻した。

しっかりしなくては、と自分の頬をパシパシ叩いていたのが印象的だ。

私の知らない、長く強い絆を、春日はたくさん持っているんだな……

「春日、これをあげます。体を大事にしてくださいね」

静奈ちゃんは自分の研究机をゴソゴソと漁って、あるものを取り出した。

茶色の平たい瓶に真っ赤なラベルの貼られた薬。それを開けると……

「わあ、血ノ海軟膏《すうぱあ》だ！」

「ええっ、なにこのドロっとした赤いの！」

春日はとても喜んでいるが……私にとっては見るもおぞましい、血の色をしたスライム状の何か。

「ふふ、葵さんこれは塗り薬ですよ。天神屋の温泉を研究して生み出した、とってもよく効く軟膏です。《すうぱあ》は非売品なのですが、葵さんもおひとつどうぞ。この先、水洗いなど厳しい季節になるので、あかぎれやひびわれなどに、ぜひ。私も毎晩手や足に塗っています」

「え、それは助かる！　ありがとう静奈ちゃん！」

最近、水が冷たく皿洗いが少し辛くなってきたし、手もあかぎれだらけだと大旦那様に言われたばかりだ。見た目こそグロテスクだが、これは嬉しい。

ありがたく使わせてもらおう。

私たちは相談事を終え、〝血ノ海軟膏《すうぱあ》〟という怪しい薬を手に入れ、静奈ちゃんにバイバイしてから天地下を上っていた。すると……

「ああ、ちょうど来たね、嫁御ちゃん、春日の嬢ちゃん！」

「砂楽博士」

開発部の研究室の前で、砂楽博士と工房長の鉄鼠が私たちを待っていた。

「見て見て、完成したんだよ。ほら、蒸す用の容器！」

「え、早っ!!」

なんと一時間も経たずして、地獄まんを蒸す為の容器のサンプルが完成していた。

なんという技術力。天地下の工房の鉄鼠たちは魔法使いか。

そして得意げに「朝飯前でちゅ」とドヤ顔している工房長、かわいい……

「これで地獄まんを蒸して強度を確認してみてよ。うちの工房にある地獄釜を使っていいからさ。そして作ったものを白夜に見せつけてごらん。お帳場長が値段を設定して、やっと商品化するんだからさ」

「……え、値段？　もうそんなところまで？」

「何言ってんの。こういうのは早く世に出した方が良いんだって。先駆けることって大事だ。どこかが先に出しちゃうと、二番煎じ感出ちゃうしね」

「…………」

私と春日は顔を見合わせた。

ちょっと試食してもらって、反応を窺おうと思っていただけなのに。

なんか展開早くない……？

第八話　天神屋の温泉まんじゅう（下）

翌日の午前中。

天地下で開発してもらったばかりの容器を使い、地下工房の地獄釜で再び《たまご》と《チーズ》の地獄まんを蒸した。

小さめカップに、つるんとした表面の丸くかわいいおまんじゅうが蒸しあがる。

容器の強度もバッチリだ。何より茶碗蒸しの器より断然食べやすい。

私と春日はその地獄まんを籠に並べ、いざ、白夜さんのいる本館のお帳場へ。

しかし扉をノックする直前、春日は恐れをなしたのか、私の袖を引っ張って狸の尻尾をプルプル震わせていた。

「葵ちゃん、あたし怖いよう。ここだけは来たくなかったよ」

「な、何言ってんの今更。大丈夫よ春日。私、前にここでこっぴどく怒られたことあるけど、今でも生きてるでしょ？　死にはしないわ」

生か死か。いざ扉を叩き、そろりと中に入る。

「し、失礼しま～す」

カタカタ……カタカタ……

パチパチ、パチパチ。

白い壁と無数の柱に囲まれた、高床の畳の間が並ぶお帳場で、経理事務員たちが数々の巻物に囲まれ、筆を動かしそろばんを弾いている。

中にはパソコンみたいな隠世の機械を駆使したエリートっぽい人たちもいて、ギラついた目でその画面に向かっている。

誰もがスッとこちらに視線を向けたが、すぐに作業に戻る。徹底した仕事っぷりだ。

ここはやっぱり、他の部署とは雰囲気が違うなあ……

「そんなところで突っ立ってないで、こっちへ来いお前たち」

巻物が天高く積み上がった一番奥の机から、淡々とした声が聞こえた。

スッと立ち上がりその書類の山から姿を現したのは、裾の長い白の羽織を纏う、天神屋の経理、会計、財務など金に関する部署を司るお帳場長・白夜さんだ。

「話はすでに、若旦那殿や砂楽博士から届いている。どうやら天神屋の新作温泉まんじゅうが出来上がったみたいだな」

「で、出来上がったというか……試食してもらいたいなって、思いまして」

「ふん、やけに及び腰だな。まあとりあえずこちらへ来るといい」

案内されるがまま、高床になった小さな座敷の間に通された。

ここは前に、銀次さんと夕がおの経営について叱られたトラウマの場所。

ぶるるっと身震いした。どうしよう、不味い売れないやり直しって言われたら……

「うむ。いい出来ではないか。この食感は、隠世のあやかしは好きだろうな」

「……へ？」

しかし白夜さんの反応は予想外にも好評で、私も春日もきょとんとしてしまう。

白夜さんは二種の地獄まんをそれぞれ味見して、お帳場長補助の眼鏡の秘書風美女、千鶴さんが持ってきたお茶を優雅に啜る。

「現世風のまんじゅうかと思えば、素朴な味で緑茶にもよく合う。奇抜すぎる造形や味、葵君にしか調理できないものになっているのではという懸念もあったが……葵君はそこのところをよく注意していたみたいだな」

「ええ、そこはもちろん、注意して考えたわ。私が直接作る訳じゃないから、工房で作りやすく、味にムラが出ずに、安定して美味しいものがいいのかなって」

「ああ。一人の職人の腕が味を左右する最上の菓子でなく、土産物は手頃で身近、だがふと食べたくなる、癖になる味の方が良い。それでいて、さりげなく新しい。そこのバランスが難しいから、売れる土産物を生み出すのは大変なのだ」

白夜様は懐から愛用のそろばんを取り出し、パチパチと計算。

どうやらすでに銀次さんから提出された資料があり、そこに記載された材料や作り方等の情報から、おおよその単価を割り出していたらしい。

「十五個入りで、どちらも千蓮(れん)に設定しよう」

「え、同じ値段設定でいいの？　《たまご》と比べて、こっちの《チーズ》は材料費がかかるわ」

「確かに。なんせクリームチーズとやらは北の地の酪農牧場から仕入れなければならないし、生産量も少なく、いまだ高価だからな。原価に差は出るが、しかし少し無理をしてでもこれは押し出したい。北の地産のクリームチーズを使用している旨を、堂々と宣伝するべきかと思う」

白夜さんは値段を設定し、何やら書類にサラサラ記す。その作業をしながら、私の隣でちょこんと座っている春日にスッと視線を流した。あからさまに背筋を伸ばした春日。

「春日君、君がこれから嫁ぐ土地の、最大の武器が酪農産業だ」

春日は北の地の話とわかると、すぐに真面目な顔つきになった。

「しかし北の地は古いしきたりや習わしが根強い力を持ち、商売人が軽んじられる傾向にある。そのせいで、優れた名産品があってもそれを押し出し、売り出す力に乏しい」

「……はい。経済面でも少し苦しんでいると聞いています」

「君が名付けたこの地獄まんが、君の嫁ぐ先の名産品を、もっと知ってもらう一つの機会になればよいな」

まるで、それが天神屋から春日に授ける、嫁入り道具の一つだと言わんばかりの、白夜さんの言葉。

確かに、何事においてもきっかけとは、こういう小さなことから始まったりする。私はそれを、何度も痛感してきた。

今、ここで生まれようとしている温泉まんじゅう〝地獄まん〟。

春日にとっての思い出ではなく、天神屋への置き土産でもなく、のちのち彼女自身に返ってくる大きな財産であれば良いな。

「ところで春日君。君は存外読書家と聞いた。感心な事だ。これを持っていくと良いぞ、私の愛読書〝隠世の光と闇・北編〟。妖貝出版初版だ」

白夜さんは懐からある本を取り出し、春日に差し出した。

「あ。それ……もう何十回も読んだ」

「…………」

春日ったら、あんなに白夜さんを怖がってたのに、ここぞというときに正直な……

白夜さんはゴホンと咳払いをした後、しらっとした顔で私を見て「ならこれは葵君にくれてやる」と、私に本を押し付けた。

ええぇ。なにそれ、別にいらない……

「なら春日君には、お帳場室特製の招き猫貯金箱をやろう。管子猫仕様だ」

それを、嬉しそうにぎゅっとしている。

「わあ、こっちの方が嬉しい。かわいー」

天神屋の紋の入った小判を抱えた愛らしい招き猫貯金箱。春日は白夜さんから貰ったそれを、嬉しそうにぎゅっとしている。

ええええ。私もそっちの方がいい。

「さあ、後は大旦那様に商品化の許可をもらうだけだな。私の方で資金に関する書類をまとめた。これをもって、さっさと大旦那様にそれを食べてもらえ」

「え、大旦那様にも持っていく必要があるの？」

「何を言うかこのたわけっ！　大旦那様の許可なくして、天神屋の新作温泉まんじゅうという注目商品を出す訳にはいかない。ほら、さっさと行け！」

「あいたっ、あいた！」

白夜さんが愛用の扇子でピシピシ私を追い払う。

「春日君、君は残りたまえ。少し話がある」

「えー」

「えーじゃない、たわけ」

ああ……

春日を残して私はお帳場から追い出される。

地獄まんと、白夜さんに貰った特にいらない分厚い本を抱えて。

昨日から天神屋の地下に降りたり、今度は最上階に行こうとしたり。

お土産一つのために、あっちこっち動き回ってるな私。

「おい葵、営業前だぞ、何急いでる」

フロントの傍を通ったせいで暁に見つかり、声をかけられた。ついでにどこからかお涼が湧いてきて「何持ってんのあんた」と。こいつら目ざとい。

「ちょうどよかった、あんたたちにもこれあげる」

とりあえずポイポイと、地獄まんを一つずつあげてみた。

「それ〝地獄まん〟っていう新しい天神屋のお土産候補。もう砂楽博士や白夜さんには味見してもらったの。あとは大旦那様に許可を貰うだけで、今からちょっと行くところ」

「…………」

「ん、なにびっくりした顔してるの？」

お涼と暁は顔を見合わせ、地獄まんをパクリと口にする。

「いーや。あんたももう、すっかり天神屋の従業員らしくなったわねえ、もぐもぐ」

「あの砂楽博士や白夜さんに、か……もぐもぐ」

もぐもぐ口を動かしながら、二人して二個目に手を伸ばそうとしていたので、その手をピシピシっと払った。大旦那様の分まで食べられたらたまんない。

「あ、そうだ、お涼」

私は去り際、あることを思い出しお涼に声をかける。

「あんた、春日と喧嘩したみたいじゃない。あと少しであの子いなくなっちゃうのに、なにやってんのよ。気にしてたわよ春日」

「……ふん。葵には関係ないでしょう」

お涼はすぐに、ムッとした機嫌の悪そうな表情になり、腕を組んでそっぽを向いた。

隣で暁が「あ?」と訳のわからない顔をしているあたり、こいつには話が見えてないみたいだ。


「あ、あの～大旦那様……」

最上階の執務の間の襖の前で、大旦那様に呼びかけた。しかし返事は無い。

「大旦那様、いないの?」

少しだけ襖を開いて中を覗く。縁側に接する襖が開けっぱなしにされていて、カラッとした青い空がよく見える。だけどやっぱり大旦那様はいない。

「あっ!」

強い風が吹いて、室内に置かれていた紙の束が舞い上がり、私は慌てて室内に入りその舞い散る紙を拾い集めようとした。

「ああっ、外に飛んでいく～っ！」

焦って縁側に飛び出し、空高く舞いあがらんとしていた一枚の紙を、人差し指と中指でピッと捕らえる。

「セ、セーフ……」

しかし縁側ギリギリのところに立っていた事に気がつき、真下をみてブルリと全身が震える。そうだここ、天神屋の最上階。

ここから落ちたら……死……。慌てて一歩下がる。

「あれ？」

縁側を進んだ先に、上へと伸びる梯子が立てかけられているのに気がついた。

「もしかして大旦那様、あれを登って上に行ったんじゃ……」

私は一度室内に戻ると、集めた紙の束を机に置いて重石を載せる。もう風に飛ばされないように。

そして再び縁側に出て、カゴを片腕に通し、心してはしごに足をかけた。

決して下を見ないように。でも怖い……。

「ぎゃあっ！」

直後、荒々しい大カラスが一匹飛んできて、私が梯子を登るのを邪魔するかのごとく、何度も頭をつついた。どうやら簪の光に反応しているらしい。

ふり払おうにも、梯子にしがみつくのに精一杯だ。

「いてて、いてて……っ、やめて～梯子から落ちちゃう！」

「葵、手を伸ばせ！」

「⁉」

真上から伸ばされる手……

私は思わずその手を取った。強く引き上げられる形でなんとか梯子を登りきると、カラスはなぜか私を襲うのをやめた。いや、やめたというか、急に私を見失ったような……

空を旋回してキョロキョロしている。真下に私がいるのに。

「葵、大丈夫かい？　あのカラスめ、最近このあたりで悪さばかりして……」

声の主を見上げると、それは私のよく知る、とある鬼の顔をしている。

「大旦那様……」

「ん、なんだ？」

とぼけた顔して。でも、やっぱりここに、大旦那様はいたんだ。

彼はカラスに突かれて乱れた私の髪を撫でる。

「お前の悲鳴が聞こえたから、驚いたよ」

「そ、そう！　今にも梯子から足を滑らせそうで、怖かったんだから！」

「大丈夫。落ちたら落ちたで、僕が必ず助けてあげるよ」

「……いいわねえ。あやかしはそういうこと平気で言えて」

大旦那様に、ここにたどり着いた経緯を話しているうちに、落ち着きを取り戻した。

そしてやっと、周囲の景色に気がつく。

「ここ、は？」

不思議なことに、ここは西洋風の空中庭園だったのだ。

天神屋の雰囲気とは不釣り合いで、全く別の異空間に迷い込んだかのよう。

しかも新しいものというよりは、どこか古臭い、昔からここにあった場所のような空気すら流れている。

「ここ、執務の間の真上よね？　ってことは屋上の庭園？　……宙船で上から見た時は、全く見えなかったのに」

背の高い木々もあるし、上から見たらわかりそうなものを。

大旦那様は緑溢れるこの空間を見渡す。

「ここは隠された花園で、外部からの進入は不可能なんだ。実質、屋根裏だからね」

「……屋根裏？」

「かつて、天神屋の大女将であった黄金童子様が住んでいた場所だ」

あの黄金童子……が？

そういえばあの黄金童子に天狗の団扇を奪われたままだな、とか今更思い出す。

今はどこにいるのだろう、あの金髪の座敷童は。

「大旦那様は、ここで何をしてたの？」

「花を摘んでいたんだ。押し花にして、読書が好きな春日に栞を作って贈ろうと思ってね」

「へぇえ。大旦那様ってそういうことするんだ」

意外なような、でも絵になるような。

しかし今日の大旦那様は、まるでどこぞの農民のような格好をしている。

「花を摘むにしちゃ、随分泥臭い格好をしてるわね。鍬とか持ってるし」

「ああ、ついでに自分の趣味の菜園の手入れをしていてな」

大旦那様は真横を指差す。

確かに〝僕の菜園〟と立て札を立てられた四角い菜園が、この厳かな庭園の一角に、場違い感丸出しで存在している。

大旦那様が熱心に言うことには、ここは土がとても良いらしく、植物や農作物の育ちが下界とは少し違うらしい。だから黄金童子様がいなくなった今、大旦那様が勝手に小さな菜園を開拓したのだとか。

「大旦那様って本当に鬼なの？」

「僕は歴とした鬼だよ。冷酷で、強くてかっこいい」

「ドヤ顔しても決まらないわよ、〝僕の菜園〟持ちじゃ……」

いつもながらつっこみどころの多いひとなので、私は呆れ口調。そしてため息。

「ねえ大旦那様。私、天神屋の温泉まんじゅうを作ったのよ。白夜さんにも値段の設定を相談しに行ったんだから」

「ほお。もう白夜を通しているのか。銀次でなくお前が。感心だな」

「まあ……色んな流れがあってのことだけど」

私はまず、籠から白夜さんにもらった書類を取り出し、大旦那様に手渡した。

大旦那様はそれを読みながら、「ふむ」と面白そうな顔をした。

「そのまんじゅうは、僕も食べさせてもらえるのかな」

「そのために来たんでしょ」

カゴを持ち上げ、つんと言い切る。しかし大旦那様は「ならこっちへおいで」と、軽い足取りで私をある場所に案内した。

次第に聞こえてきたのは、流水の音。

黄と橙色の野バラが咲く静かな広場の真ん中に円形の煉瓦の段差があり、その中央に立派な大理石の噴水があった。

この庭園にしっくりと馴染む、古い噴水だ。

「わあ。貴族の洋館にありそうな噴水ね」

「実は洋館もある」

「え？」

大旦那様が噴水の水を覗き込み、ある一点を指差した。

ひらりと、どこからか飛んできた黒い蝶が、水面に降り立つ。

「この指の先を見てごらん。ちょうど、あの黒い蝶が止まっている場所だ」

「ん？」

言われた通りの場所を見つめる。

黒い蝶がふと飛び立ったせいで波紋が広がったが、それが収まると、じわじわ見えてきたもの。……なんと、水鏡に立派な西洋風の建物が写っていたのだ。

私は思わず周囲を見渡した。しかし、この庭園にそんな洋館は建っていない。

「不思議だろう。水鏡には写っているのに、この建物は存在しないんだ。いや、存在しないのではなく、僕らにはたどり着けない。あれは黄金童子様の私邸。いまだ、天神屋に存在するらしい、最大の謎……」

「………」

え、これってもしかして怖い話？

静けさばかりの庭園で、背筋にぞぞっ、と寒気が。

「普通あやかしの世界の、老舗の宿屋に当たり前にあるものじゃないわね」

「あはは。そう怯えずとも。ほら、ここにおすわり。本題に入ろう」

私たちは、噴水の水を受け止める大盆の縁に、並んで腰掛けた。

「じゃあ、お前の新商品を試食させてもらおうか」

「う、改めて言われると、ちょっと緊張する……」

今までは運良く幹部陣の反応が良かったが、大旦那様にまずいと言われてしまったら、この地獄まんは発売されない。

私の心配をよそに大旦那様は気楽に地獄まんを手に取り、見た目をよくよくチェックして、ちょっとひねくれた表情になってから、口にした。

「おお。……驚きの新食感だな」

「やっぱりそこが、一番インパクトあるのね」

大旦那様の反応からも、水分量の多いしっとりふわモチの食感が、このおまんじゅうの最大の武器になりそうだ。現世でもそうだったけれど、もちもちしたドーナツや米粉パン、半熟や生っぽさを売りにするお菓子が地味に流行った時期があったっけ。

「餅や団子を普段から食す隠世でも、このもちっとした食感が好きなものは多いはずだ。それでいて餅や普通の饅頭とは何かが違う。確かに〝期待できる〟と白夜の書類にあった理由も分かる」

「まあそう青い顔をするな。重圧はあるだろうが、売り出す価値はあるということだ。まあ僕から一つアドバイスがあるとすれば……」

大旦那様はもう一つ地獄まんを手に取り、つるんとした表面を指差した。

「なんというか見た目が単調で地味だ。饅頭なんてそんなものだろうが、少し特徴が欲しい」

「それは……確かにそうね」

「この表面に焼印を入れたらどうだろうか。なにかこう、包装紙や宣伝でも使える、地獄まん特有の印があれば良いな」

「ああ、それはいいかも！　でも私、そういうのあんまり得意じゃないわ」

「心配しなくとも、それは天地下の開発部の得意分野だ。任せてみると良い。僕も営業で力を尽くすよ」

「…………」

期待、してくれているんだろうか。私の生み出したものに。

皆が信頼して、頼もしく力を貸してくれる。それがとても嬉しい。

私がここへ来た時とは、もう立場が違うのだ。それはいったい、なぜ……？

天神屋の温泉まんじゅう。それは白夜さんも言っていた通り、失敗の許されない、とても大きな商品なのに。

「葵には実感がないのだろうが、天神屋の皆が、お前の実力を認めている」

　大旦那様は私を見つめ、そんな言葉をくれた。

「その信頼は、お前が自分の力で手に入れたものだ。現世からやってきた若い娘が、ただの幸運や、大旦那の許嫁という立場だけで、この状況を勝ち得たわけではない。手に入れられるはずもない。少なくとも幹部は皆、お前自身を見ている。成功を祈っているんだ。だけど……失敗しても、誰もお前を馬鹿にはしないよ」

「………」

　見透かされているのだ。私の不安も、欲しい言葉も。

「僕はね、そういう葵が、本当に眩しい。君は僕がいなくとも輝けるのだ」

だけど大旦那様のその言葉にだけは、少しだけひやりとしたものを感じた。

　何を考えているのかわからない大旦那様だからこそ、言葉に大きな意味がある気がして、思わず「違うわ！」と否定する。

「だって、今の私がここにいるのは……こうしていられるのは、大変なことがあっても、表で銀次さんが、裏で大旦那様が支えてくれたからよ」

　攫われた身でありながら、こんな風に言ってしまうのは、何かが少しおかしいのかもしれない。でも支えられていたことは確かだ。

「そりゃあ、大旦那様が私を攫ってここに連れてこなかったら、今頃悠々と大学生活を送っているんでしょうけど」

「あはは、言われたなあ。……僕を、恨んでいるかい、葵」

笑っていてもなお、どこかしおらしい大旦那様。

改めてそんなことを聞かれたのは、初めてだったかな。

「こんな運命ありえないって、嘆いていた時もあったけど……でも最近は悪くないかなって。現世を忘れたわけじゃないけど、現世にいたら、きっと私、いろいろな意味でひとりぼっちだったもの。私みたいに見える人間は、あちらでは理解されないわ」

「……今は、寂しくないかい」

「そうね。賑やかで忙しくて、寂しいなんて思ってる暇はないわね。なんだかんだ、天神屋のみんなが、大好きになっちゃった」

「わかるよ。僕にとっても、天神屋は大事な居場所だ。ここに僕の居場所が無くなると、僕にはもう行き場がないからね」

「…………」

大旦那様……？

「ところで葵、その天神屋の大好きなみんなに、僕は入っているのかな？」

「は？　え？」

なんだか気恥ずかしいので、照れ隠しに地獄まん《チーズ》をつまむ。

もぐもぐしながら、さりげなく「まあね」と。

大旦那様は口元に指を添え、クスクス笑っている。何がおもしろいんだか。

しかし……

「なあ、葵」

ふと、風向きが変わった。

カラッとした金風が、静けさを添わせ頬を撫でる。

大旦那様は真面目な顔をして風の吹く方を見据えていたが、やがて私に向き直り、私の頬に触れた。

黒い蝶が一羽だけ、音も無く目の前を通り過ぎる。

秘密の話をするように、大旦那様は小声で言った。

「葵、この場所のことを覚えておいで」

「この場所って……この、庭園？」

「そう。言っただろう。ここは、外部のものには決して見えない。この庭は生きていて、天神屋の者と、そうでない者を判断できる。そして天神屋の歴史そのものだ。……僕にとっても、ゆかり深い場所だ。もし君が……僕を……」

僕を……？

どこか険しい顔をしている大旦那様。そんな彼の紅の瞳が、静かに私を見下ろす。

言葉の続きが紡がれることなく、ふいに大旦那様の顔が私の顔に近づけられる。

「⁉」

私はぎょっとし、思わず目を閉じ、両肩を上げて体を強張らせた。

急激に鼓動が早まる。まさか、まさか……っ。

「……ん？」

しかし、予想していたことは何も起きない。

目を開けると、大旦那様はすでに噴水の段差を降りてしまっていた。

「あ……っ」

自分の勘違いに頬がぼぼっと熱くなる。そんなありさまを、大旦那様にまたクスクス笑われた。久々に見た、どこか意地の悪い、鬼の微笑だ。

「か……からかったわね！」

「ふふ。そう警戒しなくとも、僕は君に、安易に触れたりしない」

「で、でも！　前にぎゅって……、あれよ、抱きしめたじゃないっ！　南の地でだって、お、おでこにキス……したし」

自分で言って、自分で恥ずかしくなる。額に触れたまま、顔を伏せた。

「あの時は……悪かった。勝手に君に、触れて」

「………」

なぜ、謝るんだろう、大旦那様。

「だがな、葵。いつまでも待つとは言ったが、僕が君に向かって行くのを、我慢できない時はある。思いが止められない時だって。……僕は鬼だ。本来、とても残酷で、欲望には忠実な生き物なんだよ」

大旦那様はそう言って、しばらくこちらに背を向け、静かに佇んでいた。

鬼。確かに時々、鬼らしい冷酷さを滲ませることがある。

でも、力ずくで従わせたり、強引なことをしようとしないじゃない。

私なんてただの人間の娘なんだから、意に従わせることなんて簡単だと思うのに。

大旦那様はやっとこちらを向いて、わずかに切なさを帯びた顔で苦笑するのだ。

「こんな僕だが、嫌いには、ならないでくれ。葵」

大旦那様の背後から吹き、私の横髪を流す秋の向かい風が、緩く吹き抜けた。

嫌いにならないでくれ……？

なぜそんなことを言うんだろう。だからこそ、心乱されるのだ。

私は翻弄されている。この一筋縄ではいかない、捉えどころのない鬼に。

「あの、おお……」

「よーし！　じゃあさっそく〝僕の菜園〟で作物を収穫しよう。ちょうど秋茄子とさつまいも、あとカブとかぼちゃが収穫時だ」

「ちょっと待って大旦那様。大旦那様ってかぼちゃ嫌いなのに、ここで育ててるの？」

またもや、この手のムードをぶち壊すつっこみどころを見つけてしまい、私も私で、いつも通りつっこんでしまう。

「育てる分には好きな野菜だ。育ったらあげるんだ。欲しそうな奴に」

「ええ、ええ。ならそれ私にちょうだい。そして私が、大旦那様の苦手克服のためにかぼちゃのお料理を作るから」

「え？」

「まさか自分で作ったかぼちゃを食べないとか言わないわよね？」

「……あ、葵、目がギラついて怖いぞ。まるで鬼のようだ」

「いい、大旦那様。秋祭りの夜、営業が終わったら夕がおに来てね。約束よ」

結局、こんな風にいつも通りの会話をしている。

二人して大旦那様の菜園で野菜を収穫する、平和な土いじりの時間となっている。

だけど、こんな穏やかな時間を、こんな大旦那様を、嫌いだなんて思わない。

幕間【三】　春日とお涼

「ふーん。あなたが新米の子？　へえ、春日っていうの。ちんちくりんな狸娘ねえ。私はお涼、未来の若女将よ。この私の下につくんだから、あなたには仲居の仕事をとことん叩き込んであげるわ」


お涼様に初めて会った日のことを、今でもよく覚えている。

私、文門狸の春日は、まだ子供でありながら八葉のばば様に外の世界を見てこいと家を追い出され、行き場もなく叔父の千秋を頼り、天神屋で働くことになった。

その初日のことだ。

私をちんちくりんと言ったその人は、雪のように白い髪と肌を持つ、際立つ美貌の雪女だった。

性格は負けず嫌いで自分勝手。成り上がり根性たくましいわがままな先輩だったが、私は思いのほか、このひとが好きになる。

だって、夢だった若女将の座を、なんとしてでも勝ちとろうとした。

女の戦いを勝ち抜いた。

傍で見てきたその壮絶な戦いの記録を、私は日記につけているくらいだ。


「おい……おい、なに聞いてるふりしながら寝ている、春日君、おい！」

「ふあ」

白夜様が、八葉の嫁とは何かをくどくど語っていた最中、私は正座をしたまま居眠りをしていた。午前中から葵ちゃんと一緒に、あれこれ動きまわったからなあ。

我ながら勇気がある。白夜様の前で居眠りなんて。

白夜様は怒っているというか呆れているというか。

「全く。君はしっかりというよりちゃっかりしてる娘だから、存外八葉の嫁に向いているとは思うが……変な揚げ足を取られないか心配だ。何かと敵の多い立場だぞ、わかっているのか」

「分かってるよ。葵ちゃんをずっと見てきたんだもん。でも葵ちゃんは凄いよ……不利なところを、自分の力で認めさせせちゃった。もう天神屋に、葵ちゃんが大旦那様の嫁になるのを、文句言うひとなんていないんじゃない」

「ふん。それはそれで問題なのだ。文句のつけようがないのなら、いっそ消してしまおうと考える輩もいるからな」

「その点、私は大丈夫。無能を演じて、敵を作らないよう立ち振る舞うよ。ま、どうせ元から無能だけどね」

「……………」

白夜様は目を細め、ピシッと口元に扇子を当てる。

何かまた言われるかなと思ったけれど、「もう行け」とお説教から解放された。

ああ、正座から立ち上がった時の、足のぴりぴりした痺れが辛いー……

もらった招き猫貯金箱を抱えて、夕がおへ戻ろうとする。途中、仲居の子たちがこちらを見ては、ひそひそと噂話をしていた。

今まで気楽に声をかけてくれていた友達や、私をいじったりこきつかったりしていた先輩たちも、今となっては私が横を通るだけでペコペコ頭を下げて、どこかへ逃げる。

まあ、こうなることは分かってたけど……

静奈ちゃんみたいな幹部だと私に普通に接する余裕もあるだろうけど、普通の子じゃあね。腫れ物に触るような感じだよね。

「春日、春日」

「……千秋」

向かい側の廊下から、心配そうにこちらを覗いている叔父の狸が一人。

呼ばれるがままに近寄った。

「なに、私今から夕がおのお手伝いなんだけど」

「いや、白夜様に呼び出されてたから、何事かと心配になって」

「別に。葵ちゃんと一緒にお土産開発してるだけ」

「お前はほんと、俺にはしょっぱい対応するっすねー」

「なんで身内にまでへらへらしないといけないんだか」

必要以上に過保護というわけではないが、千秋は昔から心配性だ。

ただ面倒見がいいしお人好しだから、私みたいなのをいつまでも世話させられる。

もういい加減、自分のことを考えてもいい歳なのに……

「……千秋は天神屋に残るんでしょ?」

「うん。俺はここで働き続ける。お前についていこうかとも思ったけど」

「いいよ、別に。いつまでも叔父さんの世話になってばかりじゃあ、とても八葉の嫁は務まらないからね」

「……春日」

うっと涙目になって、「あの小さな春日が立派になって……っ」と目頭を抑える千秋。

「ああもう、うっとうしーなー。どっかいって」

しっしっ。叔父さんうざい。

追い払いながら、自分も遠ざかる。

私たちの関係は、家族であるがゆえに、ここではあまり馴れ馴れしくしてはならない。

狸は同類への愛情が強いあやかしではあるが、そういうものの保護に頼らず、赤の他人と触れあわなければ分からないことは沢山あるのだから。

そういうものは、いくら勉強したって、手に入れられないもの……

私はそれを、天神屋で知ったと思っている。


「……あ」

夕がおへの渡り廊下につながる戸の前で、こそこそ夕がおを覗くひとかげが。

あれは……

「お涼様、そんなところで何してるの？」

「きゃあっ！」

お涼様は飛び上がって驚いた。

鈍い顔をして、ゆっくりとこっちを振り返る。

口を開いて何か言いかけては、下唇を突き出した変な顔をしてもじもじ、と。

「ふ、ふん」

結局、お涼様は何も言わずにここから立ち去ろうとする。

私はそんなお涼様の袖をちょいっと引っ張った。

「何よ」

お涼様の、氷のようなきつい視線が私を見下ろす。まあでも、慣れた視線だ。

「あのね、私、お涼様はまた若女将を目指すべきだと思うんだ」

「……はあ？」

「この天神屋で、お涼様にしかできないことが、きっとあるよ」

パッと裾から手を離し、私は夕がおのある中庭へタカタカ駆けていく。

若女将を目指したお涼様。

そして夢を叶え、若女将になったお涼様。

どんなに敵を作り、嫌われようとも、根性だけで成り上がったお涼様が私には眩しかった。私の憧れだった。

色々と行動が行きすぎて、結局若女将から降格しちゃった訳だけど……

お涼様ならもう一度なれる。

本当は、私がそれを、隣で手助けしたかったなあ。

第九話　天神屋の秋祭り

十月末日。現世(うつしよ)ではハロウィンにちなんだイベントや仮装パーティーで、大いに賑(にぎ)わっていることだろう。

しかしここは隠世(かくりよ)。数日前より、天神屋(てんじんや)では豊作を祝う秋祭りが催されている。

これは秋の一大イベントだが、今回の天神屋は一味違うと評判だ。

銀次(ぎんじ)さんの発案で、館内や庭園に、鬼火を入れた和製のかぼちゃランタンが飾られているのだ。

フロントで貰(もら)う地図を頼りに、ランタンが派手に飾られた休憩所にたどり着くと、待ち受けていた従業員によってお菓子が配られる。

かぼちゃランタンは隠世では珍しく、異界感を味わう宝探しのようで、親子で楽しめると評判だ。

夕(ゆう)がおも、このカボチャランタンが飾られた休憩所のひとつ。

ここで皆に配るお菓子が、私と春日(かすが)で開発した〝地獄まん〟だったりする。

商品化に先駆け宣伝しているのだ。

またこの秋祭りの間はお茶の時間にも営業し、秋スイーツを楽しんでもらえるよう、夕がおの外にも座ってお茶のできるスペースを作った。

今回、夕がおで食べられるお茶菓子は、こんなラインナップである。
・スイートポテト&紫芋アイス
・干しぶどうとくるみのバタークリームコッペパン
・柿のとろとろミルクプリン《柿の葉茶付き》
現世のお菓子もこのイベントならより興味深く映るのではと、積極的に作った。

特に人気だったのは、意外にも干しぶどうとくるみのバタークリームコッペパン。

前に果樹園でもいだぶどうを、いくつか夕がおの裏手に吊るして、干しぶどうを作っていた。この干しぶどうと香ばしく炒ったくるみを、手作りバタークリームに混ぜ合わせ、コッペパンで挟んで食べる。

手作りバタークリームの、ちょっと懐かしい舌触りや甘さが私は好きだ。生クリームとはまた違う味わいだが、くるみや干しぶどうの風味を邪魔せず、さりげなく引き立てる。

コッペパンの焼きたて時が特に美味しいから、〝焼きたてあり〟と看板を立てるとあっという間に売れてしまう。

「あれー、春日ちゃんいつ夕がおに転職したの？」

「もう天神屋の仲居さんじゃないのかい？」

夕がおをお茶どきに訪れてくれた常連さんたちが、春日がここで働いているのを見て驚いたりする。まだ誰も、今日この日を最後に、春日が天神屋を離れてしまうということを知らないのだ。

「あはは！　でもお茶屋さんの看板娘も、悪くないでしょ？」

だけど春日は天真爛漫(てんしんらんまん)な笑顔以外を見せることなく、とめどなく押し寄せるお客さん一人一人に、一生懸命接客をしてくれた。

その分、私はお料理に集中することができたし、お店の回転もスムーズだった。

何よりありがたかったのは、春日が接客のノウハウを、アイちゃんに丁寧に教えてくれたことだ。アイちゃんは今日からお店に出ることになったのだが、やっぱり初めてだと何かとしくじりがち。そんなアイちゃんをサポートし、ちょこちょこアドバイスをしてあげている。

本当に、よく動くし要領よく働く子だ。

今まで当たり前のように見ていた彼女の働きっぷり。それは天神屋の仲居として受け継がれ、長年の労働で培ったもので、決して簡単に習得できるものではない。

よく動くから、使いっ走りにされてたんだろうけれど、この日が終われば、もう……

春日がここに駆け込み、「大変だよう！」と緊急の連絡をくれることもなくなるのだ。

「葵しゃん〜、かぼちゃの種くだしゃい〜」

夕時の営業を始める前の、支度の時間帯。外に出していた椅子を春日と一緒に片付けていると、かぼちゃのランタンを遊び場にしていたチビが、かぼちゃの種を所望した。

「なんでかぼちゃの種？」

「種おいしいでしゅ〜」

今日はたくさんのかぼちゃを使うから、かぼちゃの種はたくさんある。

種を厨房から持ってきて与えるとチビはくちばしでカリカリかじって、器用に種の中身を取り出して食べる。

まるでハムスターがひまわりの種を食べてるみたい……

しかしチビは最後の一つを齧る直前、なぜか酷く葛藤したそぶりを見せ、食べるのをやめた。

「ん、どうしたの？　まずい種でもあった？」

「かぼちゃの種……柳の木の下に植えて、またかぼちゃ育てるでしゅ。そして実がなったら葵しゃんにご飯作ってもらうでしゅ。種は……僕が食べるでしゅ」

ててて。チビは柳の下まで駆けていくと、水かきおててで土を掘り返し、器用に種を植えていた。それでちゃんと育てばいいけど……

「ん？」

ちょうど、その柳の木の向こう側。

中庭で何か不思議な動きを見せる若い夫婦がいて、私は気になって「どうかしましたか？」と駆け寄った。

「あのう……ここに落とし物はありませんでしたか？」

「落とし物？　何か失くされたのですか？」

「ええ、その、銀の腕輪なのですが……」

聞いたところ、二人の若い夫婦は新婚旅行でこの天神屋に宿泊しているらしい。いたって普通の若い夫婦だ。失くしたという腕輪はお嫁さんのものらしく、嫁入り道具として自分の母から譲り受けたものらしい。

かぼちゃランタンの休憩所を巡っている途中で失くしてしまったらしく、今巡った順に探しているのだとか。

せっかくの新婚旅行だというのに、若いお嫁さんはおろおろと不安そうな顔をしていて、とても可哀想だ。夕がおで腕輪は見かけていないが……

「ねえねえ！　天神屋には失せ物処があるから、あそこならあるかも！　お客様の失せ物はだいたいあそこで見つかるから。あっ、私が案内します！」

話を聞いていた春日が駆け寄ってきて、愛想よく「こっちですよ」と夫婦を案内した。

お嫁さんは旦那さんにほっと安堵の表情を見せた。

やっぱり春日は、機敏に対応するできた仲居だなあ……

「気がかりだけど、ここは春日に任せるしかないわね。私も一生懸命お料理しなくちゃ」

さて。通常の夕がおのメニューに加え、本日限定の秋祭りのメニューもある。

・かぼちゃの浅漬けぽりぽりサラダ（南の地産〝ツナ〟のせてます）

・かぼちゃ天＆とり天の盛り合わせ（鬼門の地の名物にかぼちゃを添えて）

・白身魚と秋野菜の黒酢あんかけ定食（秋茄子は、大旦那様の手作りです。レア）

しかし一番の目玉は、どのお客様にも出す先付けの〝かぼちゃの豆乳ポタージュ〟だ。

まずは刻んだ玉ねぎと手作りベーコンを、しっかり炒めるのが大事。

玉ねぎと手作りベーコンの旨みを引き出し、そこに一口大に切ったかぼちゃを投入して一緒に煮込むのだ。

「葵さん、お疲れ様です」

「あ、銀次さんお疲れ様！」

銀次さんが夕がおを訪れたのは、ちょうどポタージュを煮込みつつ、他の下準備をしている最中だった。

企画の立案と運営を任されている為、今日はとても忙しいであろう銀次さん。

しかし疲れを見せない爽やかな笑顔は流石だ。

「銀次さんの考えた企画は大成功ね。みんなとても楽しんでいるみたい」

「いやあ、暗くなってからが本番ですよ。お昼時は催しなどやりやすいですが、ランタンの光はあまり映えませんからね。しかし夜になると、いよいよハロウィンらしくなります。かぼちゃランタンを天神屋の上空に飛ばしますよ～」

「あはは、それ素敵。私も今まで一番ハロウィンっぽいことしてるかも。あやかしの世界でハロウィンって、もう訳がわからないけど……」

もともとは魔除けの意味合いを持つハロウィンだが、今では日本でも楽しまれる民間行事と化している。

いよいよ除けるべき魔の存在、あやかしにも楽しまれているなんて……

ジャック・オー・ランタンもきっと草葉の陰で泣いているわね。

「ところで葵さん、かぼちゃのいい匂いがしますね」

「ええ、かぼちゃのポタージュを作っているところなの。豆乳をたっぷり入れて作るから、サラサラあっさりしていてヘルシーなの」

「ああっ、美味しそうですね～」

煮込んだ玉ねぎ、ベーコン、かぼちゃを、今度は金魚鉢ミキサーに全部入れて回す。

ペースト状になったものを、手伝ってくれている銀次さんが何度か濾してくれた。

濾して滑らかになったら、これをたっぷりの豆乳で煮込む。

牛乳ではなく豆乳を使うことで、まろやかさよりさっぱり感が際立つ。

すでに、ベーコンの旨みが溶け込んでいるので、味付けは塩胡椒を少々のみ。

「銀次さんも次のお仕事前に飲んで行って。どうせ今夜はなかなかご飯が食べられないでしょう？」

「わあ、待ってました」

お椀にかぼちゃポタージュを注ぎ、これを銀次さんに手渡す。

「あ、あとコッペパンも食べてく？　ちょうどサラダに使うツナ缶があるから、ツナサラダサンドを作るわ」

「えっ、いいんですか？　すごく食べたいです！　私ツナ缶大好きですから！」

「ふふ、じゃあポタージュを飲みながら、少し待ってて」

ちょうど別の下準備でみじん切りにしていた玉ねぎがあったので、これをささっと炒めて、別の鉢でツナと一緒に混ぜる。手作りマヨ少々と胡椒、ちょろっとお醤油でシンプルに味付け。

南の地の特性ツナ缶は、現世の市販のものとは違い、手作り感の残る硬めのツナなので、しっかり身がほぐれるまで、混ぜ込んで混ぜ込んで……

「うん、いい塩加減」

これを切れ込みを入れ、断面にマヨネーズを塗ったコッペパンに挟む。それだけ。

しかしシンプルイズベスト。ただそれだけのツナサンドは……つよい。

カウンター席の銀次さんに「はい」と出すと、彼は迷わず、ツナを挟んだコッペパンにかぶりついた。もぐもぐ咀嚼し、ポタージュも一口する。

「うーん、これは美味しい！　炒めた玉ねぎのしゃきしゃき感がまだ残っていて！　塩気のあるツナと、少々ピリッと効いた玉ねぎ。これが素朴なコッペパンや、甘いポタージュとの相性抜群ですね」

「そうなの。ツナサンドって控えめだけど確実な、必殺仕事人なの」

他の料理を邪魔することなく、だけど確かに美味しい。がっつりもりもりな今時のサンドウィッチも好きだけど、昔ながらのツナサンドには、誰からも長らく愛されてきた理由があるのだ。

それにしても……コッペパンのせいかな。なんだか、小学校の給食みたい。

銀次さんは美味しそうに食べてくれるけど……

「はあ～、五臓六腑に沁みる、美味しい軽食でした。今からまた頑張れそうですよ！」

銀次さん、とてもお腹が空いてたんだろうな。あっという間に食べきった。

「あ、そうそう。ポタージュに使ったかぼちゃにはね、大旦那様の作ったかぼちゃも入れてるの。不思議よねえ、ほんと。かぼちゃ嫌いなくせにかぼちゃ育ててたんだから」

「……。きっと、大旦那様も、このポタージュを気に入られると思いますよ」

銀次さんは微笑みながらも、視線を落としがちにそう言った。

ちょっと変わった反応だ。何か気がかりがあるんだろうか……？

「きゃあああっ！　おやめ、春日おやめえええええ」

「⁉」

驚いた。突然、外から大きな悲鳴が聞こえたのだ。

「今の声は……女将(おかみ)様」

何事かと、私と銀次さんは外に出た。

本館に接する形で存在する西楼があるのだが、その下に数人の仲居と一つ目の女将様が集まっている。騒ぎに気がついたお客さんたちも。

「どうかしましたか⁉」

「ああ、ああ若旦那殿。あの子を、春日を止めてくださいましっ！」

女将様は金切り声で銀次さんに縋(すが)る。

なんと、春日が西楼の屋根の上にいる。私も銀次さんも、これにはびっくり。

「ど、どうしたの春日！　なんであんたそんなところに⁉」

「か、春日さん！　危ないので降りてきてください！」

私たちが声をかけると、春日はちらりとこちらを見て「あのねー」と気の抜けた声を出す。

「カラスだよ。カラスがあのお客様の腕輪を咥(くわ)えてたんだ。ちょっと待ってて。すぐ取って降りるから！」

カラス……？

「ああっ、あのカラス！　前に私の簪を狙った！」

確かに西楼の天辺には、ふてぶてしい態度のあの大カラスが一羽、余裕な面をして私たちを見下ろしている。嘴に加えたキラリと光るものが、あのお客様の腕輪ということなんだろう。

春日はそれを見つけ、取り戻そうと屋根に登ったのだ。

しかし春日が動くたびに足を滑らせコロンと落ちそうで、かなり危険だ。

「あああああ、ああああああ！　春日おやめったら！　お前に何かあったら私の責任になってしまうじゃないか！」

女将様はさっきから気が動転してしまっている。

一方春日も「もう静かにしてよう」と、集中できずにいるみたいだ。カラスはカラスで、そんな春日をバカにするように、近寄ったり離れたり。完全に舐めきっている。

「わあっ！」

「か、春日!!」

あのカラスが春日の頭上で羽をバタつかせたせいで、彼女はバランスを崩し、瓦屋根を滑り落ちる。

誰もが悲鳴に近い声を上げる。女将様なんてくらりときて、仲居たちに支えられながらその場に座り込む始末。

しかし春日は落ちる手前で留まり、体のバランスを保ちながら、また屋根を這って登るのだ。時折足を滑らせるので、見ているこっちもハラハラする。

いよいよ銀次さんが「私が助けに行きます」と、狐の姿に化けようとしたみたいだが、

「およしなさいな」

「わあっ」

後ろから、銀次さんの右から下に向かって三番目の尻尾をむぎゅっと掴んだ奴がいた。

おかげで変化の術は半端になって、銀次さんは子狐姿になってしまう。

振り返ると、そこには厳しい顔をしたお涼が。

「若旦那様、あなたの出る幕ではなくってよ。これは春日がやり遂げるべき仕事ですもの」

「で、でもお涼！」

「葵、あんたも黙って見てなさい」

お涼はいったい何を考えているのだろう。

一方、弱みを見られてかわいそうな銀次さん。屈辱的だったのか、プルプル震えてさりげなく私の後ろに隠れている。本当に右から三番目の尻尾が弱いのねえ……

「春日っ！」

お涼は屋根の上の春日に向かって、声を張る。

「お客様の大事な失せ物よ。絶対にカラスを逃してはダメよ！」

「……お涼様」

お涼はこの場にいる誰とも違う判断をした。

春日に、お客様の銀の腕輪を取り戻させる気だ。

女将様が「何を言ってるんだいお前！」とキーキーうるさいが、お涼は聞こえないふりをしているし、春日はお涼が見ているとわかると、表情を引き締めまた屋根を登る。

「あいた！」

カラスは銀の腕輪を咥えたまま、春日を嘴でつついて攻撃。

春日は「あいたっ、あいたっ」と小さな悲鳴を上げながらも、カラスを手で払い、ここぞと懐からアレを取り出した。

「ほーら。葵ちゃんと作った地獄まんだよ〜。おいしいよ〜」

「………………」

なんで春日、地獄まんを隠し持ってるの？

春日は、カラスが地獄まんを餌だと認識した瞬間を見逃すことなく目の端を光らせ、ここぞとこれを放り投げた。

嘴をぱかっと開け、カラスはそれをナイスキャッチ。

かわりに銀の腕輪が嘴からポロっと落ちて、屋根をコン、コンと転がる。

「待って〜」

腕輪を必死に追いかけ、掴み取ったまでは良かったが……

安堵したのも束の間、すでに春日は屋根から飛び出し、宙に放り出されていた。

恐怖のせいか、春日は胸に腕輪を抱きしめたまま化けの皮が剝がれ、ポンと煙を立て小さな狸になる。

「ああっ、春日！」

誰もが目を覆った。

しかし微動だにしなかったのは、春日をずっと見守っていたお涼だ。

「よくやったわ、春日！」

お涼は袖を振るい、自らの力で雪嵐を巻き上げた。

小さな狸の春日はその雪嵐のゆりかごに包まれ、ふわりとした空気のワンクッションのちポテッと地面に落ちる。

春日は雪まみれになって震えながら、緩く尻もちをついた形だ。しかし大きな怪我など、もちろんない。

「寒い？　春日……」

お涼が春日の前で仁王立ちして、問いかけた。

春日は震えながらも、じわりとそのつぶらな目を見開く。

お涼の目が、あまりに真剣だったから。

「このくらいの寒さに耐えられなきゃ、あんたみたいな小さな狸は北の地の厳しい寒さを前に、すぐ氷漬けになってしまうわ。氷漬け狸よ。……あんたみたいな、小さくて、小さくて……ちんちくりんのかわいい狸は」

お涼はぐっと表情を歪(ゆが)めると、言葉を詰まらせ一度天を仰いだ。

腰に手を当てた、偉そうな仁王立ちのまま。

「あそこは雪女の私ですら嫌いな、極寒の地よ。それに氷人族(ひょうじん)は排他的なところがある。あんたが凍えて、ひとりぼっちで辛(つら)い思いをするのは……あまり想像したくないわね。ぶるぶる震える狸なんて、哀れで見てらんないじゃない」

お涼……

結局彼女は、春日のことを誰より心配していたのだ。

自分が北の地や氷人族の事をよく知っているから、そこで春日がやっていけるか心配で心配で……

だからこそ嫁入りなんてやめろと極端な話をし、頑(かたく)なな態度をとってしまった。

「わーん、お涼様ー」

春日はまたポンと娘の姿に化け直し、そんなお涼の腰に抱きついた。

きっとお涼の思いが伝わって感激し、また安堵したのだ。尊敬するお涼とぎくしゃくしていて、春日はずっと不安そうだったもの。

お涼はもう何も言わず、春日の頭をポンポンと撫でる。

茜色の夕暮れをバックに浮かぶ、二人が抱き合うシルエットが、印象的で……

いつもはあんなに自分勝手でわがままなお涼が、今ばかりは、後輩の旅立ちを後押しする、立派な仲居の先輩に見えた。

「さあ、あんた早くお客様に腕輪を返してきな。可哀想に、それが見つからないからロビーでずっと落ち込んでるわよ」

「あっ、うん！」

「そのあとはあんた、私の受け持つ宴会場においで。最後の最後までこきつかってやるわ」

「えええ、春日は今、夕がおのお手伝いなんですけど!?」

「ふふふ、悪いわね葵。春日はもらうわ。もとより私の部下よ」

春日は戸惑っていたが、私が苦笑し「仕方がないわね」と諦めたので、彼女もまた困った顔をして笑うと、急ぎ足でロビーに向かった。

そんな彼女に続くように、お涼が「さあ仕事にお戻り！」と、この場を仕切って仲居たちを先導し、本館へと戻っていく。あの女将様までふらふらしながらついていく……

　こういうところを見てしまうと、やっぱりお涼は、なんだかんだと言われながらも若女将の器なんだろうな、と思わされる。

　春日はそれをもう、ずっと昔から知っているんだ。

　そして、今でも信じている……

「葵さん、今日も忙しくなりそうですね」

　私の足元で、いまだ子狐姿の銀次さんが、陽気な声でそう言う。

　私はそんな銀次さんを抱き上げた。

「ふふ、そうね。でも……春日から色んなことを教えてもらったアイちゃんもいるし、夕がおは通常運転よ」

「私も出来る限り、お手伝いに行きますね。春日さんのいる間、私の出る幕はあまりに無く、ちょっぴり寂しかったですから」

「あら、そうだったの？　銀次さんは手のかかる部署が減って喜んでいると思ってたわ。でも銀次さんがいると、やっぱり安心する」

　もふもふの銀の毛並みを撫でながら、私と銀次さんは顔を見合わせ、クスッと笑う。

　さあ、夜が近い。

　天神屋のあちこちに飾られた、かぼちゃのランタンが輝きを増す。

夕がおもそろそろ夜の営業が始まる。

ちらほらお客さんが店先に並んで待ってくれているようだったので、急いでお店に戻ったのだった。


その日の営業は、やっぱり盛況だった。

予想外の盛況ではなく、イベントに伴う予定通りの盛況っぷりで、食材が途中でなくなるということもなく。忙しかったけれど、アイちゃんとチビ、時々銀次さんの手助けもあり、最後までお店を回しきれた。

お客さんが多かったおかげでお土産の宣伝もできたし、万々歳だわ。

「ふう。終わった終わった……アイちゃんもチビも疲れて寝てるし」

営業後の閑散とした夕がおを掃除していた。

アイちゃんが仰向けになって、座敷席の隅で電池切れのごとく寝ている。私はそんなアイちゃんに、奥の間から持ってきた毛布をかけた。すぐ眠くなるのはいつものことだが、最近は簡単にペンダントに戻らなくなったので、これは進歩だなあ。

その傍でチビが鼻ちょうちんを膨らませて、これまたぐっすり寝ている。

銀次さんはすでに夕がおにはおらず、きっと今頃、イベント終了前で忙しくしているに違いない。

外はまだ大盛り上がり。巨大なおばけかぼちゃが、天神屋の上空で鬼火と一緒に飛び交って、ショーみたいなことをしているんだって。

きっととても綺麗だろう。見たかったけれど、ここからじゃ見えないからなあ……。

「……葵、お疲れ様」

「あ……」

出入り口の暖簾をくぐり夕がおを訪れたのは、大旦那様だった。

一方的な約束だったけれど、覚えててくれたんだ。

「何を驚いた顔をしているんだ？」

「いえ……もしかして忙しかったんじゃない？　私、何も考えずにここに来てって言っちゃったわね……」

「いいや、せっかくの葵の招待だ。この時間はしっかり事前に空けておいたからね。ちゃんと腹も空かせているよ」

「うう……なんかごめんなさい」

しかし、来てくれたのは嬉しい。

私だって、大旦那様が苦手なかぼちゃを克服できるよう、頑張ってかぼちゃ料理の研究をしたのだから。

「カウンターに座って。あ……そういえば大旦那様が夕がおにご飯を食べに来てくれるのは、なんだか珍しい気がするわ」

「やっとここへ来られるようになった、というところかな」

「……？」

「今、僕がここへ通っても、文句を言うような奴は少ないと言うことだよ」

多分、だけど……

大旦那様が最初から夕がおに通っていたら、他の従業員の目には、大旦那様の立場でここが守られ、贔屓(ひいき)されているように映ったのだろうと思う。

あの頃、このひとは何も言わなかったが、私は知らないうちに、たくさん守られていたんだろうな。

「あ……え、えっとね、大旦那様には、かぼちゃのメンチカツを食べて欲しいの」

「かぼちゃのメンチカツ？　ほう……あまり聞かない料理だな」

食べなれないお料理&かぼちゃとあって、どことなく恐々(こわごわ)としている大旦那様。

袖を合わせたポーズはそのまま、視線だけは横に流れている。

「かぼちゃならかぼちゃコロッケの方がメジャーだしね。今日のはお店でも出していない、大旦那様専用の裏レシピでメンチカツを作るわ。お肉たっぷり、ピリ辛なメンチカツなの」

「僕専用レシピというのが……なんか妻っぽくて嬉しい」

「そこ⁉ そこなの⁇」

「しかしピリ辛のメンチカツとは？ うーむ、さらに想像できないな」

大旦那様は、甘いはずのかぼちゃがメンチカツでピリ辛……これいかに、という顔だ。

「そこで待ってて。すぐに作るわ。あ、先にポタージュを飲んでて」

私は作っておいたポタージュを温め、小さなお椀によそう。銀次さんにはコッペパンを付けたが、大旦那様にはパンの耳で作ったガーリッククルトンを散らす。

大旦那様は匙を持って、ちょっと戸惑いながらも、まずはポタージュを一口する。

「ん……想像してたよりずっと飲みやすい。どろっとしたのを想像していたが、サラサラしているな」

「かぼちゃは何度も濾したからね。たっぷりの豆乳入りで、味付けはシンプルに」

「この浮いたパンみたいなものは？」

「クルトンよ。初めて食べる？ 冷凍してたパンの耳におろしニンニクとお塩で味付けして、小さく切って焼き窯で焼いたの。コッペパン焼くついでに。結構こっちに塩気のある味が付いてるから、スープの甘さに飽きたりしないと思うわ」

「……お、本当だ。これはいい。これならどんどん飲めるぞ！」

ガーリック風味が効いた、サクサククルトン。その香ばしさと食感を、大旦那様はかぼちゃのポタージュと共に楽しんでいるみたいだ。

これはすぐに飲めてしまいそうね。私は早くメンチカツを作ってしまわないと。

調理に取り掛かると、アイちゃんの傍で寝ていたチビがむくっと起き上がり、ここぞと大旦那様に近寄る。

「ねえねえ鬼しゃん～、かぼちゃどうやったら大きく育つでしゅか～？」

「んん？」

チビは大旦那様の袖を引っ張って、かぼちゃの育て方を尋ねていた。

こいつ、そんなに熱心にかぼちゃを育てる気だったのか。

大旦那様も大旦那様で、嬉しそうにかぼちゃの育て方を教えている。ここに謎の菜園師弟関係が生まれつつある……

まあ大旦那様の相手はチビに任せるとして、私はかぼちゃのメンチカツを作ってしまわなければ。

かぼちゃを煮て潰したものは、他の料理でも使っていた為、すでに用意していた。

みじん切りの玉ねぎを炒め、牛と豚の合挽き肉と一緒にボウルで混ぜ、そこにかぼちゃと卵黄、枝豆を投入し、また粘りが出るまでしっかり混ぜる。

さて、味付けは塩胡椒、七味唐辛子と、隠し味にひと匙のマヨネーズとケチャップ。

あとは普通の揚げ物と同じ。俵型に丸めた肉だねの周りに、小麦粉、溶き卵とパン粉をつけて、油でカラッと揚げるだけ。

メンチカツを揚げている間に、ソースを用意した。

ソースは定番。手作りケチャップと手作りウスターソース、そして香ばしいすりごまを混ぜたもの。

さて、こんがり揚がったメンチカツ。ついでに作っておいたチビ用の小メンチカツ。

お皿に千切りキャベツを高く盛り付け、横に大メンチカツを二つ並べた。

ソースは別の器に入れて添え、好みの量をかけてもらう。

スープとコロッケが、かぼちゃ入りでがっつりしているので、小鉢はあっさり。

作り置きしていた秋カブのゆかり和えと、小松菜と焼き茄子の醤油炒め。これもまた、大旦那様の菜園で採れたカブと茄子を使用した。

先付けのスープはもう飲んでしまっていたから、代わりに御膳で出していた松茸のお吸い物も。

「大旦那様、今日は白ご飯と麦めしが選べるんだけど、どっちがいい？」

「そうだなあ。久々に麦めしが食いたいな」

「確かに、揚げ物に麦めしってよく合うしね」

麦を混ぜて炊いたご飯だ。新米ばかりの白ご飯も良いが、ここにちょっと押し麦を混ぜて炊くと、プチプチと面白い食感の麦めしが味わえる。

麦めしついでに、もひとつかぼちゃ。かぼちゃの浅漬けもお漬物として添える。

「はい、大旦那様お待たせ！　特製かぼちゃメンチカツ御膳よ。お肉たっぷりのかぼちゃ入りメンチカツ、ぜひ食べてみて」

「……葵の手作り、美味そうだ」

「そう言いつつ、若干冷や汗たらしてますけど」

さっきはスープをちゃんと飲めたのに。

やっぱり苦手意識はそう簡単に取り払えないものかしら。

「葵しゃん、僕も僕も、僕もメンチカツ食べるでしゅ～」

チビがカウンターの上でぴょんぴょん飛び跳ねてアピールを繰り返していたので、ハイハイと小さなメンチカツを一つ、お皿に載せてチビの前に置く。

「二人とも、揚げたては熱いし、肉汁ジュワッて出てくるから、気を付けて食べるのよ」

大旦那様はまず松茸のお吸い物を一口すすり、カブのゆかり和えをちょっとつまんだあと、いざ、勢いに任せ、かぼちゃメンチカツをさっくり割る。

「おお……」

やはりまずは、ジューシーな肉汁にときめく。湯気が上がるほくほくのかぼちゃも、綺麗な黄色そのまま、粗挽きお肉に絡まっている。

それでいて……

「ん？　んん……甘さもあるが、辛い。これは、七味か？」

まずはそのままを口にした大旦那様が、驚いた顔をして咀嚼する。

ほくほくしたかぼちゃの甘さと、肉汁たっぷり玉ねぎたっぷりの肉だね、そこに加わった七味のピリ辛具合が、これまた絶妙なのだ。

「かぼちゃの風味や甘さはあるけれど、七味のピリッとした辛さがあると、味が引き締まるの。それにお肉がジューシーだから、かぼちゃのもったり感はそれほど気にならないでしょう？　どちらかというと、トロッとしていて」

「ああ。むしろ肉を繋ぎ、味をまろやかにまとめている。あと枝豆の食感が良いな。絶妙なアクセントだ。苦手なかぼちゃを食べている感じが、あまりしないな」

「まあ、苦手な人にかぼちゃかぼちゃしたものを押し付けるより、さりげなく他の食材の力を借りて、食べやすく作ろうと思って。でも、苦手意識を消すには、食べやすいものを何度か食べて、それで食べ慣れていくしかないでしょう？」

「ほほう。葵は策士だなあ」

大旦那様は何が面白いのか、クックッと笑う。

そしてまた、麦めしの茶碗を受け皿にしながら、かぼちゃメンチカツをサクサクッと頬張った。大旦那様はご飯をとても綺麗に食べるけれど、一口が大きくてやっぱり男の人だなあ……

「葵の言った通りだな。濃い味のソースをつけたメンチカツは、麦めしが進む」

「でしょう？　あー、見てるだけで私もお腹がすいてきたわ」

「隣で食べればいいじゃないか。お前も夕飯がまだなんだろう？」

「う、だって今日は大旦那様のおもてなしに徹しようと思って……」

私が気まずそうに視線をそらした時、やっぱりお腹がぐうと鳴る。

大旦那様はこらえきれずに、顔を背けて笑っていた。

ああもう！　私の腹の虫は空気が読めない！

「いいじゃないか。僕の前で気を張らなくても」

「普通は気を張らなきゃならない相手が、大旦那様なんだと思うけど」

もういい。知らない。食べる。

私はやけくそになって、自分のぶんの御膳を整えると、大旦那様の隣に座った。

「いただきます」

そして、がっつりいただく。

うん、やっぱり実りと食欲の秋って最高。何もかもがおいしい季節。

特にたくさん働いて、空腹の中で食べるご飯は、何だっておいしいわ。

「葵の飯は、やはり安心するな」

「……む？」

口にメンチカツを含んだまま、こもった声で反応する。

大旦那様は目の前の食べかけのご飯を見ていた。

「誰もがそうだったに違いない。飯は生きていく為に必要不可欠なもの。時折楽しむ高級な美味い飯ではなく、日々生きていく為の、家庭的な美味い飯を食うと、なぜか自分の生が肯定されるような感覚になる」

「な、何よ、大旦那様。なんだか大袈裟ね」

「ふふ。飯を食うというのは、それだけで一つの居場所なのだ。それは誰かの隣だったり、安心を覚える場所だったりするのだろう」

「居場所……」

大旦那様から、その言葉を何度か聞いている気がする。

食べていたものをごくんと飲み込み、大旦那様の横顔を見つめる。

整ったその顔立ちから溢れる、どこか少年のような微笑み。

それでいて、何かが少し、陰って見える……

「ふう。お前の飯を、銀次は〝あやかしの心を暴く〟と表現したが、その通りだ。この料理を前にしては、心を頑なに閉ざすことなど難しいな」

「何か、教えてくれるの？」

私はあからさまな問いかけをする。

「今、少し語っただろう？　でも、これ以上のことを僕は語らないさ。あやかしは秘密主義だ。僕は特にその気が強い」

「……大旦那様って、本当に訳がわからないわね」

「怒っているのかい？」

「怒ってる訳じゃないけど、私は大旦那様のことが知りたいのよ」

少しずつ見えてきたものがあると思ったら、靄がかかってはっきりとは見えない。

あまりに焦れったいので、私はメンチカツをまるごとお箸で摘んで、がぶりと頬張る。

大旦那様は「いい食べっぷりじゃないか」とここぞと楽しそうにしていたのが、また悔しいけれど……

「……葵」

「なによ。デザートなら冷蔵庫に──……」

「いや」

食後のお茶を飲んでいた時、大旦那様は改まって、私の前にあるものを置いた。

なにこれ……鍵？

綺麗な黒曜石の鍵だ。異国の物語の中に出てきそうな……物語めいた、秘密の鍵。

「これを葵に預かって欲しい」

「私に？　なぜ？」

「僕はもう少ししたら、妖都の宮中に赴かなければならない。ちょっと妖王に呼び出されてしまってね。まあ出張みたいなものだが、春日の件も含め、最近あちこちに動きがある。僕が留守の間、何があるか分からないからね」

私は目をぱちくり。だからって、なぜ私に鍵を？

「これ……なんの鍵？」

「それは教えられない。だけど君が、もし本当に僕のことを知りたいと思ったら、知らなければならないと思ったら、その鍵で開くものを探してごらん。ただ……葵がそれを開けなければいいのにと、僕は思っているけどね」

「……はい？」

知ってもらいたい。知ってもらいたくない。

その両極端な感情が、大旦那様の中で複雑にせめぎ合っているように見えた。

彼自身、そのことに苦笑して、横髪を耳にかける。

瞬間、すっと目の色が変わった。

温かさのない、だけど冷たくもない眼差しが、虚空を捉える。

「葵は僕のことを知りたいと言ったね。だけど、君が本当の僕を知ったら、どんなにか僕を嫌いになるだろうと……それが、とても不安なんだ。僕はやっぱり、鬼なのだから」

「……大旦那様？」

大旦那様は前にも、そんな言葉を聞いた。次になんと言っていいのか戸惑っていたら、大旦那様は「そろそろ行かなくてはな」と立ち上がった。

ああ、デザート……食べてもらい損ねたな。

「ごちそうになったな、葵。おかげで嫌いだったかぼちゃの印象が変わった。葵の手料理なら、なんだって食べられそうだ。さすがは賢妻だな」

「……あれ。なんか、大事な話を誤魔化されたような」

そして新妻からいよいよ賢妻へ……

「あはは」

最後は笑いながら、大旦那様は私の頭をよしよしと撫でた。

一瞬、彼は私の簪を見て……でも、特に何も言わず、するりと私から手を離す。

「ではな、葵」

私はくしゃっとなった頭のまま、夕がおを出て行く大旦那様を見送った。

夕がおの暖簾の前で、黒い羽織を翻すその背中が、闇に溶けて消えていく……

とても大きな背中だ。天神屋の、多くのあやかしたちを背負った背中。

それなのに、どうしてこの時、彼の背に燻る小さな孤独を見てしまったのだろう。

「ま、待って、大旦那様！」

「……？」

妙な焦りにかられて駆け出し、私は大旦那様の着物を掴んだ。

振り返る大旦那様。私はキッと顔を上げて、大旦那様を見つめて断言する。

「私、大旦那様のこと、好きよ」

「……え？　葵？」

「大旦那様のことを、信じているわ」

大旦那様はじわじわと目を見開く。驚いて、口を半分開いて何かを言おうとして、でもなかなか言葉が出てこないみたいだ。

好きの意味が、恋愛としての好意かはまだわからない。

だけど私は、訴え続けた。

「大旦那様、前に言ってくれたでしょう？　私が天神屋のみんなに認められたのは……信頼は、私の力で勝ち取ったものだって。少し失敗したくらいで、誰も馬鹿にはしないって」

そう言ってもらえて、どれほど嬉しかったか。どれほど安堵したか。

「大旦那様も同じよ。今の私が大旦那様のことを信じられるのは、大旦那様がずっと、影で支えてくれたから。大事なところで側にいてくれたから。助けてくれた。何度も……」

きっと、幼い頃の私のことも。

でも、たとえそれが違ったとしても、私はもう、大旦那様に何度も助けてもらっている。

このひとを信頼するのに、十分なほど。

「だから、何かを知ったくらいで、大旦那様を嫌いになったりしないわ！」

それをしっかり、伝えておかなければと思った。

大旦那様の紅の瞳(ひとみ)は、いまだ驚きの色を抱き、小刻みに揺れている。

ねえ、大旦那様はなぜ、私に嫌われると思ってるの？

その問いかけをしようともう一度口を開いた。しかし……

言葉はひとつも紡げなかった。

大旦那様は私の腰を引き寄せ、言葉を紡ぐ口を自分の口で塞(ふさ)いだのだ。

「…………」

それは情熱的なものとは程遠い、触れるか触れないか程度の、どこまでも軽いものだったが、あまりに突然のことで、私は一瞬、頭が真っ白になる。

お互いの唇が離れた時に感じた温かな吐息のせいで、理解より先に顔と目元が熱くなる。

瞬くことすら、できないのだから。

「な……お、おおだ……え？」

急激に鼓動が速まった。いつもの私ならここで怒ってしまいそうだが、怒りより驚きの方が大きくて、言葉もしどろもどろになる。

だって、安易に触れないとか言ってたくせに……っ！

かっかと火照って、りんごみたいに赤くなっているであろう顔を見られるのが恥ずかしい。私はとっさに頬を手のひらで覆った。

そんな私を強く抱きしめ、大旦那様は耳元で囁く。

「葵。僕は君を、必ず妻にする」

「…………」

「僕は、君を……心から、尊敬しているんだ」

分からない。

なぜそんな言葉が、この瞬間、大旦那様の口から出てきたのか。

簡単に好きと言われるより、今の私にはずっとずっと、深く突き刺さる。

だけど、小さな胸騒ぎもする。

大旦那様の広い肩越しに、闇を見た気がしたのだ。

それは、濃紺の空にぽっかり浮かんだ月を隠す、何かの影だった。

第十話　新たなる騒動の幕開け

「じゃあしっかりね、春日」

「ばいばい春日。元気でね」

「達者でいろ。体を壊さぬよう」

天神屋のあやかしたちが、荷をまとめて宙船に乗り込む春日に声をかけている。

私は春日に、簡単かつ美味しくできる〝胃袋鷲掴み料理帳〟をプレゼントした。

「これでしっかり、その幼馴染みの婚約者の胃袋を掴むのよ春日」

「わあ、ありがとう葵ちゃん。私お料理苦手だから助かるよ！」

にっこり笑顔の春日。もう、この陽だまりのような笑顔を見られなくなると思うと、本当に寂しい。思わず私は涙を流した。

ついでに地獄まんと、前の黒糖温泉まんじゅうの詰め合わせを春日に押し付ける。

「これ、持って行って。思い出の味よっ」

「もう、泣かないで～葵ちゃん」

春日は春日で、この荷を隣の千秋さんに押し付け、私の涙を袖で拭ってくれた。

「きっとそう遠くないうちに、また会えるよ」

「……へ？」

「私たちは八葉の嫁になる。どこかで運命は、繋がってくるよ」

「………」

どこかで運命は、繋がってくる。

いや、待って。まだ私は——……

嫁じゃない、なんてつっこみの間もなく、春日は元気良く宙船に乗り込んで、甲板から私たちを見下ろして手を振った。

「ばいばーい。ばいばい、天神屋！　みんな、さようならっ！　私の天神屋‼」

どこまでも明るい彼女の声が響き、青々とした空に、船が発つ。

私は最後までめそめそしていたが、隣に立つお涼は、私みたいに泣いたりしない。

どこかあっけらかんとした、勝気な微笑みを浮かべている。

それでいて清々しい。何か決意めいたものを感じる、そんな出で立ち。

あれ。お涼の栓抜きにくっついていた氷の鈴、無くなってる……

——リン。

最北の水を眠らせた、澄み切った鈴の音が、春日の乗った宙船から零れ落ちる。

それに気がついた時、もう春日の姿は空の彼方に溶けて、見えなくなってしまった。

遠く、遠く、吸い込まれそうな蒼穹の、彼方。

隠世で誰かを見送る、初めての季節。

さようなら春日。

再びあの元気な笑顔に会える日を、私は楽しみにしている。


それから、約ひと月が経った。

銀次さんの計らいにより、秋祭りから間もなくして商品化した〝地獄まん〟。

天神屋と銀天街の土産屋で販売を始めたこの温泉まんじゅうは、紅葉時期のおかげで鬼門の地の観光客が増加したこともあり、記録的なスマッシュヒットを飛ばしている。

これがロングセラー商品になるかは今後次第だが、まずは大成功と言っていいのだとか。

何よりこの短期間で、お土産物を商品として生産する体制を整えた、地下工房の皆様に脱帽だ。今は日々製造が追いつかず、天地下の鉄鼠たちが慌ただしく働いているとか。

驚いたのは、餡入りで王道の《たまご》より、餡なしのクリームチーズを練りこんだ《チーズ》の方がよく売れた事だ。物珍しいというのもあったのだろうが、隠世で徐々にチーズ需要が増えている流行直前でのアピールだったのが、功を奏したようだ。

先駆けるのは難しいが、当てるとでかい。

このヒットを受け、他の大手製菓や地方の土産屋がチーズ味の商品を棚に並べ始めるだろうと、白夜さんは言っていた。

自分の生み出したものが成果を出しつつあるのは嬉しい。

達成感も、興奮もある。

だけど決して、自分だけが力を尽くしたわけではない。

春日の名付けた〝地獄まん〟の響きも分かりやすく、浸透しやすかったのも、成功の一因だった。大旦那様の助言通り、おまんじゅうの表面には地獄の花〝彼岸花〟をデフォルメした、可愛らしい焼印が施された。

他にも、天神屋を支える数多くの賢者たちの知恵と経験、またアドバイスがあったからこそ、きちんと商品となり、ここぞと売り出せたのだ。

しかしひとつだけ……私と銀次さんの失敗を、ここで語ろう。

秋限定の地獄まんも作ってみようという事になり、少し遅れて発売した味がある。

それは《おいも》と《りんご》だ。角切りの芋を生地に練りこんだ《おいも》は、もともとその手の蒸しパンが王道だったこともあり売れたが、りんごジャムを包んだ《りんご》は、やはり得体が知れなかったのか、初日から頭を抱えるレベルで売れなかった。

チーズは売れたのになぜ？

お店でこの手のお菓子を出すと好評なのに……

店頭で出来たてを売るのと、箱売りでパッケージ勝負になるこの手のお菓子では、結果が違って出てくるらしい。

そのせいで《りんご》は発売から一週間で生産終了となり、それが決定した日、私と銀次さんは営業後に山りんごのお酒を呑んだくれた。

嫌なことがあった時、お酒を呑んでパーっと忘れるのだなあ……

だけど失敗は必ず、次の成功のための大きな情報となる。そう銀次さんが教えてくれたっけ。

なぜ失敗したのか、一晩落ち込んだら一緒に考えましょうと、優しく慰めてくれた。


もう一つ、気がかりがある。

大旦那様が今、妖都の宮中に出向いて、天神屋を留守にしている。

大旦那様も、事前に私にその話をしていた。

小耳に挟んだ話では、どうやら年末年始にある八葉たちの集会〝夜行会〟に先駆け、妖王様に私用で呼び出されたらしいのだが……

「ねえ、銀次さん。大旦那様はまだ戻ってこないの？　大丈夫かな、もう一週間は留守にしているわ。宮中は怖いところだって前に律子さんから聞いたし」

「ええ、なかなか戻れないみたいで……でもお庭番のサイゾウさんが一緒ですから、心配はありません。大旦那様からも、毎日文通式で連絡が届いていますから」

「大旦那様……元気そう？」

「ええ、勿論」

そう。最初こそいつもの出張かと思っていたのだが……

一週間、二週間と、大旦那様が天神屋に戻れない日が続き、とうとうある日、連絡が取れなくなった。

天神屋の上層部はいよいよ慌てる。

妖都に使者を派遣して、宮中に情報を求めたみたいだが、妖王の命令により大旦那様を天神屋に帰すことはできない、連絡を待てという返事だけが戻ってくる。

「どういうことだ」

「きっと宮中で何か大きな動きがあり、大旦那様はそれに巻き込まれたのだ」

幹部たちの焦りは募った。もちろん、私も。

何が起こるか分からない……

夕がおでそう語った大旦那様には、少なからず予感はあったのかもしれない。

相手が宮中ということもあり、何の謀が裏で動いているのかも分からず、こちらがうかつに動くことはできない。それこそ見えない敵の思惑通りかもしれないと白夜さんは言っていたが……

十二月の初旬、ことは大きく動く。

宮中からの使者が、天神屋を訪れたのだ。

その使者は、なんと――私にとって因縁深い、あの〝雷獣〟であった。

「焦ってるねえ、怖がってるねえ、まったくもって訳が分かっていないねえ天神屋」

「…………」

騒ぎを聞きつけ、私と銀次さんが営業前の天神屋のロビーに向かうと、幹部たちに囲まれ憎たらしい嫌みな笑みを浮かべる雷獣が、余裕な態度で語っていた。

「結局大旦那がいないと、お前たちなんてただの商売人。権力を持った宮中には手も足も出まい」

「ええいうるさい。天神屋に用があるのならまず受付で署名をしろ！」

暁の生真面目かつ強面な要求にも応じず、雷獣は高らかに笑いながら、天神屋の中央階段を登っていく。

シャラリ、シャラリ……

身体中に飾られた金細工の装飾が、階段を登る度に印象深く鳴り響く。

その際、ちらりと私の方を一瞥(いちべつ)し、雷獣は嫌がらせのように舌なめずりをしてみせた。

様々なトラウマが思い出されゾッとしたが、銀次さんが静かに私の前に立つ。

「理解しているかい？　俺はねえ、妖王様から直々に命を受けてここに来ているんだよ」

「……は？」

「俺の言葉は、妖王様のお言葉と思え。お前たちに一つ、大事なお知らせだ」

そして、階段を登りきった高い場所でくるりとこちらに向き直り、私たちを悠々と見下し、ニタリと歯を見せ笑う。

嫌な予感がした。

「今日この日をもって、天神屋の〝大旦那〟は、あの鬼神ではなくこの俺になる！」

「!?」

誰もがその言葉に驚愕(きょうがく)し、耳を疑った。

大旦那様が、天神屋の大旦那様ではなくなる……？

いや、何を言っているのこの雷獣。訳が分からないわ。

「ふ……ふざけた事を言わないでください！　あなたになんの権利があって、そんな！」

「だーかーらー。俺の言葉は妖王の言葉だって言っただろ、銀次く〜ん。まあいいよ、どうせそのうち、正式な伝達が来る。あの鬼神は、隠世を揺るがすような重大な秘密を抱えていた。これ以上、八葉の座をあいつに預けておく訳にはいかない、とね」

「……重大な、秘密？」

一同に更なる動揺が広がった。

大旦那様のいない場所で、大事な事を勝手に決められ、進められている。

その異様とも言える状況が、何もかもを混乱させる。

「その絶句した顔が最高に面白いよねえ。高みの見物に、酒の肴が欲しいくらいだ。ねえ……そこでこそこそ俺から隠れてる、料理上手の葵ちゃん」

名指しされ、びくりと肩を震わせた。

自分の手を握りしめたまま胸に当て、強く雷獣を睨む。

「ふふ。俺が、怖いのかい？」

「怖いっていうか……気味悪いのよ」

「あっははははは。いいねえ、俺そういう反応嫌いじゃないよ。じゃあもっと君を気味悪がらせる事を言おうか。いや……もしかしたら君にとって、ある意味で救いなのかもしれないがね」

雷獣は何がそんなに面白いのか、機嫌よく懐を漁り、ある箱を取り出した。

「じゃじゃーん。これ、なーんだ」

見覚えのある箱だ。あれは、あれは……

「ふふ。さっき大旦那の部屋に忍び込んで、凄いものを見つけちゃったよ。津場木史郎と大旦那が交わした、誓約書だ」

「……あ」

そうだ。天神屋に来た時、私が見せつけられ、絶望したあの……

おじいちゃん直筆の、孫娘をあげちゃいます的な誓約書！

「ふふ。あいつがもう大旦那でない以上、これに意味は無いんだよねー」

雷獣は箱から誓約書を取り出し、それを高々と掲げた。

私は思わず「やめて！」と叫び、手を伸ばす。

しかし私の声は、奴が誓約書を真っ二つに破った音と、高々とした笑い声によって掻き消された。

「あっはははははは！　はーい、おしまい。葵ちゃん、君はもう、あの大旦那の許嫁でもなんでもない。この俺が解放してやったんだから、感謝してくれてもいいよ」

さらに粉々に破いて捨てる。

ひらひらと、階段に落ちる紙くず。それは私を縛っていたはずのものなのに、この時私を襲った喪失感は、自分でも信じられないくらい、大きなものだった。

「あ、葵さん……っ！」

思わずふらつき、銀次さんがすかさず私の肩を支えてくれた。

だけど現状、誰も何も、あいつに言えない。

全てがあいつのペースだ。勝ち誇った顔をした雷獣と、破り捨てられた約束の紙切れを、あっけにとられて見ている。しかし……

「死ね、馬鹿者」

ゲシッ。

鈍い音が雷獣の後ろから聞こえたと思ったら、

「あ〜〜〜〜」

雷獣の身は階段に投げ出され、無様にもゴロゴロ転がり落ちた。

さっきまで雷獣が立っていた場所には、冷淡な目をした白夜さんが。

なんとこのひと、雷獣を後ろから階段に蹴飛(けと)ばしたみたいだ。雷獣は階段の下で軽く血を吐いている。

天神屋湯けむり殺妖事件、勃発(ぼっぱつ)。

「ぐ……ちぃ。やはり出てきたか、白い悪魔め。俺を殺す気か！」

「何を言う、殺す気満々だ」

白夜さんは口元で広げていた扇子を、いつも以上に鋭く閉じる。

このパシッという音に、天神屋の従業員が反射的にしゃきっと背筋を伸ばしたところで、白夜さんはますます冷ややかに雷獣を見下ろした。

「なぜ貴様が我が物顔でこの天神屋に立っている。お前なんぞを招き入れた覚えは無いぞ。外の渓谷から転げ落ちて百万回死ね！」

「もう転げ落とされた直後ですが⁉」

白夜さんは雷獣の言葉を軽くスルーし、階段を一段降り、足元に散る誓約書を拾い上げた。しかし鼻で笑って、これを握りしめる。

「我らが天神屋の大旦那様が、こういう事態を予想せずに宮中へ赴いたと本気で思っているのなら、お前はやはり、いつまでたっても馬鹿丸出し。笑いが止まらんな」

「……は？」

「この誓約書は偽物だ。本物は、お前には見つけられない場所にある」

「え」

誰より先に反応したのは、私だった。白夜さんはそんな私の反応に「ほう」と、瞳にわずかな驚きが見られたかと思うと、クスクス笑う。

「なんだ葵君、健気に安堵して」

「えっ⁉　べべべ、別に、そんなのじゃないけど！」

やっと、いつもの自分らしい反応が出てきた。

銀次さんも、どこかホッと胸を撫で下ろす。

しかしこれに、面白くなさそうな顔をしたのは、当然雷獣だった。

「はっ。白夜、いつまでも自分が優位だと思っていたら、大間違いだぞ。お前は今日から、この俺に使われる身だ。なんせ俺が、ここ天神屋の大旦那になるのだからな」

「愚か者め。いくら妖王の命令だとしても、それは無理だということをまず知れ」

白夜さんは自分の袖の中からあるものを取り出す。

何だろう。立派な絹の袋だ。それを堂々と開き、出てきたのは黄金に輝く立方体。

「あれは……金印！」

「金印？」

「ええ、天神屋を〝八葉〟と証明する印です。大きな物事を決める時に、必ず必要になります。天神屋でも、大旦那様と白夜さんだけが扱うことを許されています」

銀次さんは隣で教えてくれた。

とんでもない代物なんだろうというのは、周囲の反応からもなんとなく分かる。

「八葉の就任と退任には、妖王の命令の他に、年に二回行われる〝八葉夜行会〟で八葉の全ての承認、すなわちこの〝金印〟を揃える必要がある。次の夜行会は年末、もしくは年始。その時まで、お前が何をどう動こうが、大旦那様は天神屋の大旦那様だ」

「……ふふっ。結局時間の問題だろう……なあ。八葉は宮中の命令には逆らえない」

雷獣はやっと立ち上がると、口の横の血をピッと吹いて、余裕ぶった態度でやれやれと肩をすくめた。

「まあいい、今はまだお前たちに天神屋を預けておこう。だが次の夜行会ののち、ここは必ず俺のものになる。しかし抗(あらが)ってくれてもいいよ。別に地方の宿の経営なんて興味ないし、そっちの方が波乱に満ちた、面白い物語が見られそうじゃないか」

「…………」

「でも一つだけ確かなことがある。あの大旦那は……もうここには戻ってこないよ」

そして、奴は羽織っていた薄布の上掛けを翻し、バチバチと紫電を走らせこの場から掻き消えた。一瞬の稲妻のごとく光を、放って。

何が……いったい、何が起きたというのだろう。

しんと場が静まり返り、皆が訳も分からず、大きなショックを受けていた。

「何をぼさっとしている！　営業は幹部補佐が務めろ。幹部は皆、大会議室へ」

この場をまとめられるのは、白夜さんだけだった。彼だけは毅然(きぜん)とした態度で幹部たちをまとめ、招集する。

「葵さん、大丈夫ですか。顔が真っ青です」

「……銀次さん」

「いえ、無理もありませんね。とんでもないことになってしまいました。しかしまずは、大旦那様の安否をいち早く確認し、私たちは天神屋を、何としてでも守らなければ……」

喉が詰まり、息ができなくなりそうなほどの不安を、誰もが感じているのだ。

だけど銀次さんはもう、強い眼差しのまま立ち上がる。

そして冷静に従業員たちに指示を出し、うろたえていた暁や千秋さんにしっかりするよう声をかけ、誰より先に白夜さんと状況を確認していた。

天神屋の止まっていた時間が、バタバタと動き始める。

「…………」

しかし、私の胸騒ぎだけは、いつまでも止まない。

大旦那様の鬼らしからぬ行動や、笑顔。

それを当たり前のように感じていた穏やかな日々が、霞の彼方に消えていくような、嫌な予感がするのだ。

胸元の、ペンダントの鎖に通して隠してある鍵を、着物の上から押さえつけた。

天神屋の〝大旦那〟である、大旦那様。

大旦那様の居場所。

大旦那様の……秘密。

私に守れるものは、どれだ？

あとがき

お世話になっております。友麻碧(ゆうまみどり)です。

ありがたいことに、かくりよの宿飯シリーズもついに第六巻。実は今までデビュー作の全五巻が最長でしたので、友麻にとって初めての六巻目となりました！

季節は秋。この巻は天神屋の面々をピックアップした日常であり、次の物語に繫がる騒動の幕開けという物語でした。春日(かすが)天神屋やめるってよ、男性陣の誰得(だれとく)入浴シーン、表紙の大旦那様すぐ見つかる……などなど、語りたいネタが沢山あったのですが、今回あとがきが一ページらしいので、やはり紅葉狩りの賑やかな表紙イラストについて一言。

おや……葵と大旦那様が寄り添っている表紙って、もしやここにきて初めて……？

表紙でも少しずつ近づいている彼らが、なんだか感無量な友麻なのでした。

第七巻でも皆様にお会いできますように。

友麻碧

お便りはこちらまで

〒一〇二―八五八四
富士見L文庫編集部　気付
友麻碧（様）宛
Ｌａｒｕｈａ（様）宛

富士見Ｌ文庫

かくりよの宿飯　六
あやかしお宿に新米入ります。

友麻 碧

2017年5月15日　初版発行
2020年12月5日　19版発行

発行者　三坂泰二
発　行　株式会社 KADOKAWA
〒102-8177　東京都千代田区富士見2-13-3
電話　0570-002-301（ナビダイヤル）

印刷所　株式会社 KADOKAWA
製本所　株式会社 KADOKAWA
装丁者　西村弘美

定価はカバーに表示してあります。　◆◇◇

KADOKAWA　カスタマーサポート
［電話］0570-002-301（土日祝日を除く11時～13時、14時～17時）
［WEB］https://www.kadokawa.co.jp/（「お問い合わせ」へお進みください）
※製造不良品につきましては上記窓口にて承ります。
※記述・収録内容を超えるご質問にはお答えできない場合があります。
※サポートは日本国内に限らせていただきます。

ISBN 978-4-04-072252-8 C0193

浅草鬼嫁日記

あやかし夫婦は今世こそ幸せになりたい。

著／**友麻 碧**　イラスト／あやとき

浅草の街に生きるあやかしのため、
「最強の鬼嫁」が駆け回る——！

鬼姫"茨木童子"を前世に持つ浅草の女子高生·真紀。今は人間の身でありながら、前世の「夫」である"酒呑童子"を(無理矢理)引き連れ、あやかしたちの厄介ごとに首を突っ込む「最強の鬼嫁」の物語、ここに開幕！

富士見L文庫